U0023830

如何寫出正確英文句子

李路得●著

HOW TO WRITE CORRECT ENGLISH SENTENCES

目　次

chapter 1

關於英文句子的基本概念

1.甚麼是「句子」？

英文句子的定義是一個至少有主詞和動詞的組合，而這個動詞必須有時態，且符合主詞的人稱和單複數。例如在Birds fly.（鳥會飛）一句中，Birds是主詞，fly 是動詞。當然英文句子可能更複雜，在動詞之後還可能出現其他結構如受詞、補語等等，和動詞合起來稱為述詞或述語。但基本結構一定有主詞和動詞。

句子 = 主詞 + 動詞

❖ 小試身手1

下列何者是句子？

(1) the dark night

(2) longing for a vacation

(3) I do.

(4) to be or not to be

(5) Stand up.

2.甚麼是「主詞」？

(1) 英文句子一定要有主詞，也就是一句話之中要談論的主角或主題，可能是人、事情、抽象觀念、或物件等。

(2) 英文的主詞一定是名詞，也就是可以當名詞的結構，包括單字、片語、或子句，因此長度短則一個字，長則可能好幾個字。

❖ 小試身手2

找出下列句子的主詞：

(1) Doing housework could be relaxing.

(2) The man sitting in the corner stood up and took out a gun.

(3) That he was a medical student made him popular among the girls.

3.甚麼是「主要動詞」？

英文句子一定要有主要動詞，主要動詞帶出針對主詞的談論內容，也就是述語，通常是一個動作或狀態。主要動詞必須呈現時態（過去、現在、未來），並受限於主詞的人稱和單複數。

❖ 小試身手3

找出下列句子的主要動詞：

(1) Doing housework could be relaxing.

(2) The man sitting in the corner stood up and took out a gun.

(3) That he was a medical student made him popular among the girls.

4.甚麼是「受詞」？

受詞是指接在及物動詞或介系詞後面的名詞，必須使用受格。英文的受詞一定是名詞，長度也是可長可短，可能是一個單字、片語、或子句。

5.甚麼是「補語」？

補語常接在主詞或受詞的後面，分別稱為主詞補語和受詞補語。主詞補語顧名思義是補充說明主詞的狀態，受詞補語則是說明受詞的狀態或動作。補語的結構有很多種，有可能是名詞、形容詞、不定詞片語等。

❖ 小試身手4

找出下列句子中的補語：

(1) He looked tired.

(2) Joe is the best player on our school team.

(3) The news made us excited.

6.甚麼是「詞類」？

首先，在本書中所使用英文詞類的縮寫及功能解說如下表：

詞類	功能解說
adj. = 形容詞	形容詞則是用來說明名詞的屬性或狀態。
adj. cl. =形容詞子句	也稱為關係子句，用來說明一個名詞單字，出現在該名詞的後面。
adv. = 副詞	副詞常和動詞、形容詞、和其他副詞一起用，說明時間、地點、或方式等。
adv. cl. = 副詞子句	具有副詞功能的子句，通常由連接詞because, since, although等開頭。
cl. = 子句	句子中的句子，一樣有至少主詞和動詞。
conj. = 連接詞	連接二個單字、片語、子句、或句子。
Det. = 冠詞	指放在名詞前面的a或the。
DO = 直接受詞	動詞的直接被影響者，通常為事物。
Gerund (Ger.) = 動名詞	當作名詞的動詞，也就是把一個行動當做一件事情來討論。
IO = 間接受詞	動詞的間接被影響者或接受者，通常為人。
modifier = 修飾語	修飾其它單字意義的詞語，通常指出現在一個名詞前後的形容詞結構。
n. = 名詞	名詞是指人、事、物、或抽象觀念等。
NP = 名詞片語	以一個名詞單字為主的片語。
O = 受詞	動詞的接受者，必須是名詞結構。
OC = 受詞補語	補充受詞的狀態或動作。
PP = 介系詞片語	以一個介系詞單字為首的片語，介系詞後面須接名詞或動名詞片語。
prep. = 介系詞	通常用來表達空間關係及句法、語意上的關係。
S = 主詞	一個句子的主角，也就是被討論的人事物。
SC = 主詞補語	補充主詞的狀態。
to- V = 不定詞片語	以to+原形動詞開頭的片語。
V = 動詞	動詞表示動作或行為，包含心智活動如情緒、思考等。
Ving = 現在分詞	表示正在進行、或主動的動作。
Vpp = 過去分詞	表示已經完成、或被動的動作。

關於英文的詞類，首先要明白的是詞類有二種：「形式」上的詞類和「功能」上的詞類。

(1) **「形式」上的詞類**是以文字本身為主，例如字典上每一個單字都會標有它的詞類，像 computer 是名詞（n.），tall是形容詞（adj.），slowly 是副詞（adv.），work 是動詞（v.）等等。片語和子句也依照其文字結構分類，如以介系詞開始的片語叫做介系詞片語，不定詞 to 和它後面接的原形動詞片語叫做不定詞片語等，名詞片語是一個名詞單字加上它前後所有的修飾語（前面的冠詞、形容詞和後面的修飾語等）。如下表：

片語名稱	形式結構	例句
介系詞片語	Prep. + N Prep. + Gerund	**in** the morning **of** being a student
不定詞片語	to + Vroot	**to** buy a car
現在分詞片語	Ving…	**surfing** the Internet
過去分詞片語	Vpp…	**born** in England
名詞片語	(modifier) + n. + (modifier)	the tall **girl** with long hair

(2) **「功能」上的詞類**指的是依照某個單字、片語、或子句在一個句子中的功能而定，這些功能是根據它和這個句子其它部分的關係而定，例如主詞指的是一個句子的主題，受詞是接受一個動作的人事物，補語的功能是補充主詞或受詞，副詞的功能是解釋一個動作的時間、地點、或方式等。

所以，一個片語可能在結構上是不定詞，但是它在一個句子中的功能是副詞，用來說明某個動作的目的，如下面的第一句；一個不定詞也可能當作名詞，放在一個句子的開頭當作主詞，如下面的第二句。

He moved to Taipei **to look for a job**.
他搬到台北為了要找工作。
（to look for a job 是副詞，用來修飾 moved to Taipei的目的）

To look for a job means to leave his hometown.
找工作意味著要離開他的家鄉。
（To look for a job是名詞，整句的主詞）

同樣的，一個介系詞片語指的是一個介系詞後面加上名詞的組合，例如 in the office，它在結構上是介系詞片語，但是當它放在一個句子中時它的功能可能是副詞，用來說明（修飾）某個動作發生的地點。如下面第一句；也可能是主詞補語，說明主詞的位置，如下面第二句。

He slept **in his office** last night.
他昨晚睡在他的辦公室。
（in his office是副詞，用來說明slept的地點。）

He is **in his office**.
他在他的辦公室。
（in his office是主詞補語，說明主詞he的位置。）

英文中的關係子句是指在一個名詞（在此稱為先行詞）後面用關係代名詞連接的一個子句，因為形式中有關係代名詞，所以叫做關係子句，但這種子句的功能是用來形容前面的名詞（先行詞），所以也稱為形容詞子句，也就是說，關係子句是照這個子句的形式而有的名稱，形容詞子句是照這個子句的功能而有的名稱。由於形容詞子句只此一種，這二者其實指的是相同的子句。例如：

She has a friend **who graduated from Oxford University**.
她有一個朋友是牛津大學畢業的。
（who graduated from Oxford University可稱為關係子句或形容詞子句，前者指的是形式，後者則是功能，用來形容先行詞friend。）

chapter 2

名詞單字的修飾語

要描述一個人事物，包括具體的人物、物品、活動和抽象的看法、概念、情感等，都要使用名詞，在英文中所謂名詞可能是一個單字、片語、或子句等。在此先討論單字部份。英文的名詞單字在句子中必須標明限定或非限定，若是可數名詞則必須標明是單數或複數，因此英文的名詞通常前面會有冠詞（a, the）、量詞（如many, two, three）、或所有格（例如my, her）等，很少單獨出現。

❖ 小試身手1

挑出下列句子錯誤並改正：

(1) Many Americans are fond of dog.

(2) What is meaning of “gadget”?

(3) We went to movie last night.

有時要表達的名詞意思很單純，用一個單字就可以表達，如it, you, we等代名詞或people, flowers, water等名詞。若要表達比較複雜的名詞，就可能需要在名詞單字前面加上形容詞，也就是所謂修飾語，來說明這個名詞單字，例如old people, white flowers, fresh water，但有些複雜的意義並不是一個形容詞單字就能表達清楚，可能需要一個片語或是更複雜的句子才能說明清楚，這個片語或句子也稱為修飾語。中文的修飾語通常都放在名詞的前面，如「老樹」、「百年老樹」、「我家巷口的百年老樹」等，英文則不然。在大多數情況下，英文的名詞修飾語如果是單字的話就放在名詞前面，叫做前位修飾語；若是結構較複雜的片語或子句，則放在名詞後面，叫做後位修飾語。注意：名詞和其前後修飾語加起來無論有多長，都等同一個名詞，不可拆開，在一個句子的功能也和一個名詞單字相同。

前位修飾語（單字）＋ 名詞單字 ＋ 後位修飾語(片語/子句) = 名詞

前位修飾語

英文名詞的前位修飾語是單字，除了最常見的冠詞（a, the）和所有格以外，還有可能是形容詞（adj.）、名詞（n.）、現在分詞（Ving,表示主動或給予人的感覺）、和過去分詞（Vpp, 表示被動或是心中的感受）等單字，如下列例子：

1.adj. + noun
a **new** car（新車）　an **old** house（舊房子）
2.n. + noun
a **silk** scarf（絲巾）　a **bath** towel（浴巾）
3.Ving + noun
a **washing** machine（洗衣機）　a **boring** speech（無趣的演講）
4.Vpp+ noun
a **broken** mirror（破鏡）　a **wanted** man（通緝犯）

有些常用的二或三個字的片語會以連字號（-）連接其單字而當作一個單字，放在名詞前面作為前位修飾語，如 a **beat-up** chair（破爛的椅子）, a **nice-looking** person（漂亮的人），an **award-winning** director（得過獎的導演）等。

❖ 小試身手2

將下列片語翻譯成英文：
(1) 無聊的一天

____

(2) 興奮的群衆

____

並非所有單字名詞都接受前位修飾語，如someone, something, somebody, somewhere, anyone, anything, anybody, anywhere, no one, nothing, nobody這一類名詞只接受後位修飾語，也就是說他們的修飾語只能出現在他們後面，不管其結構為何。如下列例子：

We need someone **special to** play the part of the hunter.
我們需要一位特別的人來飾演獵人的角色。

Anything **new**?
有甚麼進展嗎？

Let's find somewhere **quiet**.
讓我們找個安靜的地方。

另外還有少數固定片語會把形容詞單字放在名詞單字之後，如下列例子：

n. + adj.

attorney general 首席檢查官
the town proper 市鎮本身
the heir apparent 有確定繼承權的人
court martial 軍事法庭

後位修飾語

後位修飾語指的是出現在單字名詞後面的片語或子句，常見的英文後位修飾語結構如下：

1.n. + PP（介系詞片語）
2.n. + to - V（不定詞片語）
3.n. + Ving...（現在分詞片語）
4.n. + Vpp...（過去分詞片語）
5.n. + adj. cl.（形容詞子句）

1. n. + PP（介系詞片語）

the keys **on the table**　桌上的鑰匙
the man **behind your brother**　在你哥哥（弟弟）後面的男士
the door **of my room**　我房間的門
the man **in black**　穿黑色衣服的男士
the answer **to the question**　這題的答案
the key **to the door**　這扇門的鑰匙
most **of us**　我們當中大部分的人
the small house **with a garden**　有花園的小房子

介系詞片語時常出現在一個名詞後面，當作後位修飾語，擴充前面名詞的意義，藉各種介系詞說明這個名詞的狀態如位置（in, on, at）、配戴或附帶的東西（with）、配對的東西（to）、附屬於某物（of）、穿著的顏色（in）等等。名詞單字和它的後位修飾語在中文翻譯上與英文順序是相反的，如 the keys on the table 要翻譯成「桌上的鑰匙」，不能講成「鑰匙在桌上」，因為 the keys on the table 只是一個片語，不是完整的句子。它可以出現在一個句子的主詞或受詞的位置，如 Have you seen the keys on the table?（你有沒有看到桌上的鑰匙），在本句中 the keys on the table是動詞seen的受詞。

❖ 小試身手3

將下列片語翻譯成英文：

(1) 牆上的畫

____

(2) 長髮的女孩

____

(3) 我房間的鑰匙

____

(4) 我希望我有多幾位像你這樣的朋友

____

2. n. + to- V （不定詞片語）

He needs someone **to talk**.
他需要有人和他談一談。

He doesn't have money **to pay for dinner**.
他沒有錢付晚餐。

I've got a lot of work **to do**.
我有很多工作要做。

Do you have any place **to live**?
你有地方住嗎？

Don't you have anything **to do**?
你沒別的事情好做嗎？

不定詞片語當作名詞的後位修飾語時常表示和這個名詞有關的某一個動作，而且通常是還沒做但即將要做的動作，如money to pay the bill（付帳單的錢）；或是進一步說明一個抽象名詞的性質，如his desire to become an artist（他想當藝術家的渴望）。翻譯中文時名詞和不定詞片語的順序可以和英文順序相同或相反，例如He needs someone to talk. 可以翻譯成「他需要有人（someone）和他談（to talk）」或「他需要一個可以和他談（to talk）的人（someone）」，但比較常用和英文相同的順序，如 I've got a lot of work to do. 翻譯成「我有很多工作（work）要做（to do）。」比較好，若翻成「我有很多要做的工作」則不大像中文。

❖ 小試身手4

將下列片語翻譯成英文：

(1) 你在路上會需要一些吃的東西。

____

(2) 我有很多碗要洗。

____

3. n. + Ving...（現在分詞片語）

the man **playing the piano**　在彈鋼琴的男士
the lady **standing in front of the florist**　站在花店前面的女士

There are many websites for people **wanting to trade cars**.
有許多專為買賣車子的人而設立的網站。

He wrote his family a letter **saying how much he missed them**.
他寫一封信給家人說他是多麼想地想念他們。

現在分詞當作名詞的修飾語通常是在說明這個名詞所代表的人事物的狀態、習慣，或當時正在進行或主動做的動作等。若是單獨一個字的現在分詞則放在名詞前面，成為前位修飾語，若是數個單字組成的現在分詞片語則放在名詞後面，成為後位修飾語。另外，說明一個文件的內容也是用現在分詞，放在名詞後面，如上面最後一個例句。

❖ 小試身手5

將下列片語翻譯成英文：
(1) 坐在你哥哥後面的男孩

____

(2) 正在過馬路的老太太

____

4. n. + Vpp（過去分詞片語）

She doesn't like anything **made in China**.
她不喜歡任何大陸製的東西。

Did you read the poems **written by William**?
你讀了William寫的詩嗎？

She usually wears clothes **imported from Paris**.
她通常都穿巴黎進口的衣服。

過去分詞片語當作名詞的後位修飾語通常是在說明這個名詞接受的動作，也就是說這個名詞是處於被動的狀態。

❖ 小試身手6

將下列片語翻譯成英文：

(1) 從鐵達尼號被救出來的人

____

(2) 被選為陪審團的人

____

5. n. + adj. cl.（形容詞子句）

the dog **which saved my son** 救了我兒子的那隻狗
the T-shirt **Dad gave me yesterday** 爸爸昨天送給我的T恤
the letter **Helen put on my desk** Helen 放在我桌上的一封信
the place **where he was found** 他被發現的地方
the reason **why he left her** 他離開她的原因
the man **whose dog ruined my garden** 把我花園弄壞的那隻狗的主人
That is all **I know**. 我只知道這些。
What **he wants** is money. 他要的是錢。

當一個名詞需要比較複雜的說明，且牽涉到別的人事物做在這個名詞身上的動作（包含看法），或這個名詞本身所做的動作（包含看法），就需要使用關係子句當作後位修飾語。例如 the dog which saved my son（救了我兒子的那隻狗）是以這隻狗做過的事情來形容它，而the dog（which）Joe bought for his son（Joe買給他兒子的狗）是以別的人事物做在這隻狗身上的動作來形容它。前面說到一個句子的基本要素是主詞和動詞，關係子句雖然是長句子裡包含的短句子，仍然必須有主詞和動詞的結構，例如若有人做某個動作在這個名詞身上，這個人就是關係子句的主詞，他做的動作就是其動詞。翻譯時通常先從後面的關係子句開始，在以「的」連接前面的名詞，如 the boy who broke my window要翻譯成「打破我窗戶的男孩」。關係子句是英文文法中相當重要，也相當困難的項目，在此無法全部講解，只以句子詞序的觀點來解釋。

關係子句如果是進行式（be動詞+現在分詞Ving）或被動語態（be動詞+過去分詞Ving），則關係代名詞和後面的be動詞二者會一起省略，前面的幾種後位修飾語句型除了不定詞片語以外皆屬此類，如 the keys (which were) on the table, the man (who is) playing the piano, the clothes (which were) imported from Paris等。

❖ 小試身手7

將下列句子翻成英文：

(1) 那是她所買過最貴的洋裝。

____

(2) 他即將賣給你的車子有些安全上的問題。

____

綜合練習

翻譯填充：

1. 誰吃了**餐桌上的蛋糕**？

   Who ate ____?

2. 101曾經是**世界上最高的建築物**。

   The 101 building used to be ______________________________

3. 她送給我**一本有關戰爭與愛情的小說**。

   She gave me ____

4. **你所看過最棒的電影**是哪一部？

   What is ____?

5. 我們需要**一個聰明的人**來解決這個問題。

   We need ____________________________ to solve the problem.

6. 你認識**那位正在和Zoe 說話的婦人**嗎？

   Do you know____?

7. 我好無聊，告訴我一些**有趣的事**吧！

   I'm bored. Tell me ____________________________________

8. 這是**他所擁有過最昂貴的轎車**。

   This is ____

9. 他帶他的妻子去看**他出生的醫院**。

   He took his wife to ___________________________________

10. **那位講手機的男子**其實是個偵探。

    ___________________________________ is in fact a detective.

chapter 3

具有名詞功能的結構

除了名詞單字加上修飾語的組合，還有其它英語結構也具有名詞的功能，也就是說它們可以出現在主詞、受詞、或補語等位置。這些結構有的是片語，如looking for a job, how to do等，較複雜的意思則要用子句（句子中的句子）表達，如what he said, that she works only three days a week等。這些結構表面上看起來或許不像名詞，但是可以在一個句子中當名詞使用，以下分片語和子句討論：

▶▶ 具有名詞功能的片語

1. Ving （動名詞）（ gerund ）
2. to -V （不定詞）
3. for + sb. + to-V
4. wh- + to- V

1. Ving（動名詞）（gerund）

當一個動作被當作一件事情來討論，它就不再是動詞，而是名詞（前面提過人事物必須用名詞），這時它的結構必須改變，以免和動詞混淆。中文並不須要這樣的改變，也就是說中文的動詞和名詞在結構上是一樣的，例如「他們上個月去歐洲旅行。」其中的「旅行」是動詞；而「他們喜歡旅行。」其中的「旅行」則是名詞，因為在此「旅行」是指一件事情，而不是真的付諸行動。英文動詞改變成名詞的方式有二種：一種是在動詞本身加上 - ing形成「動名詞」（gerund），另一種是在動詞原形之前加上 to 形成「不定詞」（infinitive），這裡先講動名詞。如下面例句：

Seeing is **believing**.
眼見為憑

Teaching is **learning**.
教學相長

Looking for a job could be stressful and frustrating.
找工作是有可能壓力很大且令人挫折的。

這三句的主詞都是動名詞，因為在此是在討論一件事情而非一個實際的行動。第一句的believing和第二句的learning則是主詞補語，說明主詞的性質。在此也必須先把「動名詞」和「現在分詞」分清楚，結構上這二種詞類都是Ving，但用法不一樣。動名詞的用法和名詞一樣，而現在分詞最常見的是出現在進行式表示正在進行的動作。例如上面例句Looking for a job could be stressful and frustrating.（找工作是有可能壓力很大且令人挫折的。），其中Looking for a job是動名詞，表示找工作這件事，但若說He is looking for a job.（他目前在找工作。），其中looking for a job則是現在分詞，表示主詞he正在進行的動作。另外，現在分詞也比較像形容詞，可以用來修飾名詞，例如前面提過的the smoking area（吸菸區）和washing machine（洗衣機）。

❖ 小試身手1

每天慢跑使她保持精力充沛。

______________________________ keeps her energetic.

2. to- V（不定詞）

除了動名詞，另一種把英文動詞變成名詞的方法是不定詞，也就是在 to 後面加上動詞原形前面，簡稱 to-V 的結構。這樣的結構一樣可以放在一個句子的主詞、受詞或補語的位置。例如：

To see is **to believe**.
眼見為憑。

To teach is **to learn**.
教學相長。

It is not easy **to keep a job and take care of family at the same time**.
要同時兼顧工作和家庭並不容易。

It is hard **to work two jobs**.
要同時做二份工作很難。

不定詞片語當主詞時經常會用到虛主詞 it，也就是把不定詞片語（真正的主詞）挪到動詞的後面，在原本主詞的位置以 it 取代，以避免主詞長度比述語長很多的情形。例如上面第四句真正的主詞是 to keep a job and take care of family at the same time，述語是is not easy，若寫成 To keep a job and take care of family at the same time is not easy.則造成主詞很長，述語很短的情形。一個英文句子最好是「由簡而繁」，也就是說句子一開頭最好是簡短容易明白的內容，到句子後面才逐漸加深複雜度，如此比較容易理解。虛主詞的存在就是為了把複雜又長的主詞移到句子後半部，讓讀者或聽的人先理解比較簡短的述語部分。

❖ 小試身手2

His landlord wants him________________________________

他的房東要他按時繳交房租。

3. for + sb. + to- V

不定詞的動詞有時候會有一個主事者，通常是人，這時要在不定詞前面加上for +人。for說明某個動作或行為對這個人的意義或難易度，如It is impossible for him to move to Hawaii.（他不可能搬去夏威夷住）。有時候for的位置可以用of，表示說話者認為某個人做了某個行為反映出他的人格特徵，而予以評價，如 It is kind of you to lend me your car. （你真好心把車子借給我）。這類結構因長度太長，不適合放在主詞的位置，因此時常使用虛主詞 it 取代。尤其使用 of 的時候，一定要用虛主詞。

It is necessary **for a cancer patient to quit smoking**.

癌症病人有必要戒菸。

It is very kind **of you to help me**.

你真好心願意幫助我。

It is silly **of him to break up with her**.

他和她分手真傻。

It is wise **of her to say that**.
她那樣說真是有智慧。

❖ 小試身手3

用功讀書對你而言是很重要的。

It is important ______________________________

▶▶ 動名詞和不定詞比較

動名詞和不定詞同樣都可以把動詞改成名詞用法，也經常可以交替使用，但二者還是有一些差別：

(1) 不定詞常表示尚未發生或即將發生的事情，而動名詞則表示已經發生的事情。如 Nice to meet you.是在剛見面時說的，而 Nice meeting you. 則是初次面面談完話要分別的時候說的。因此在邀請別人共舞時，要說 Do you like to dance?或 Do you care to dance?比較好，把跳舞當作接下來希望發生的事情，但是在談論某人喜愛跳舞時，可說She likes dancing.，把跳舞當作一件發生過且讓她喜愛的事件。

(2) 有些動詞後面只能接不定詞，這類動詞常表示關於未來事情的某種意圖或選擇，如choose, decide, expect, hope, intend, need, plan, prefer, prepare, propose等，這些動詞是指不確定是否能做到的事情（所以叫做不定詞）。有些動詞後面只能接動名詞（gerund），大多表示既成、已發生過的事實，如quit, mention, mind, finish, keep, miss, appreciate, deny, admit等。縱然有此分別，但並非所有動詞都適用此二分法，而且有些動詞後面同時可以接動名詞和受詞二者，而且意思相同（如start, begin, hate, neglect），而有些動詞雖然二者都可以但意思不同（如forget, remember, stop），讀者必須逐一熟記。

(3) 介系詞後面只能接動名詞，不能接不定詞，但是except和but除外：

She can't bear the pressure of **being a mother of four children**.
她無法承受當四個孩子的母親的壓力。

except和but二字後面接to-V，而且to可以省略：

We could do nothing except (to) wait.
我們除了等待甚麼都不能做。

The patient has no choice but (to) have surgery.
這病人不得不動手術。

1. wh- + to- V

有時要表達某個不確定的時間、地點、人物、或物件和某個動作的關係，就必須用疑問詞加不定詞wh- + to- V的結構。

Could you tell me **how to get to the nearest gas station**?
你能告訴我最近的加油站怎麼走嗎？

Do you know **where to buy** the ticket?
你知道去哪裡買票嗎？

❖ 小試身手4

他不知道該說甚麼。

He doesn't know ______________________________________.

▶▶ 具有名詞功能的子句

一個名詞子句的功能和一個名詞單字一樣。有時候要說明一件比較複雜的事情，需要提到某個人事物（主詞）並加以論述（動詞），就要使用子句來說明。英文名詞子句通常以一個連接詞開頭如that, if, whether,或疑問詞如how, what, when, where, which, who, whom, whose, why，或疑問詞-ever如however, whatever, whenever, wherever, whichever, whoever, whomever等。這類句型要特別注意子句的動詞時態和整句的主要動詞時態之間的關係，必須合乎時間邏輯。下面分別列出各種名詞子句的架構：

1. that+ S +V

That his daughter can never walk again breaks his heart.
他的女兒不能再走路這件事令他心碎。

He knew **(that) someone was stalking him**.
他知道有人在跟蹤他。

I didn't know (that) he is your brother.
我不知道他是你的哥哥。

第一句的主詞That his daughter can never walk again是現在式（can never），整句的主要動詞（breaks）也是現在式，這樣子是合乎時間邏輯的。第二句的整句主要動詞knew是過去式，過去知道的事情也要以過去式為基礎，因此受詞子句的動詞用過去進行式（was stalking）。第三句雖然主要動詞是過去式（didn't know），但是所知道的事情（he is your borhter）是一個不變的事實，因此還是可以用現在式。注意that子句在句首當作主詞時不可省略that，當受詞時則可以。

❖ 小試身手5

我不知道他們已經搬到新加坡了。

I didn't know ______________________________

2. if / whether+ S + V

He asked his boss **if he could take a day off**.
他問他的老闆是否可以請假一天。

I wondered **whether I should tell him the truth**.
我不知我是否該告訴他真相。

It is doubtful **if he was telling the truth**.
他是否說實話很可疑。

這種句型 if 通常用在對某個事實、情況、或事件不確定的時候；而whether則用在不確定某件事情會如何發展，或該如何做選擇。也可用虛主詞，通常是表示對某件事情的評論或感受，而這件事情需要用一個子句（主詞+

動詞）才能說得明白。例如上面最後一句。

❖ 小試身手6

他問我晚上是否會回家吃晚餐。

He asked me ______________________________________

3. wh-　+ S + V

Do you remember **what the burglar looks like**?
你記得這個闖空門的小偷長相如何嗎？

He won't answer the phone if he doesn't know **who the caller is**.
他不接不認識的人打來的電話。

這種間接問句的句型很容易與直接問句混淆，重點在疑問詞後面是直述句的順序，也就是S + V。

❖ 小試身手7

沒人知道她幾歲。

No one knows ______________________________________.

4. wh-ever + S + V

You can eat **whatever you like**.
你愛吃甚麼就吃甚麼。

The king will give gold to **whoever kills the monster**.
國王會賞賜黃金給任何殺死怪獸的人。

-ever表示「任何、無論」，其中whenever, however,和wherever也可能當副詞子句，比較下面句子：

He doesn't care **whenever they may come**.
他不在乎他們何時會來。（whenever you like是名詞，當care的受詞）

Call me **whenever you like**.
你可以隨時打電話給我。（whenever you like是副詞，修飾動詞call）

He doesn't care **however hot it is outside**.
他不在乎外面有多炎熱。（however hot it is outside是名詞，當作care的受詞）

He will go hiking tomorrow **however hot it might be**.
無論明天天氣多熱他都要去健行。（however hot it might be是副詞，修飾動詞will go hiking）

He doesn't care **wherever we go** so long as we come home on time.
只要我們準時回家，他不在乎我們去哪裡。（wherever we go是名詞，當作care的受詞）

I'll follow you **wherever you go**.
無論你去哪裡我都跟隨你。（wherever we go是副詞，修飾動詞follow）

❖ 小試身手8

無論他說甚麼，他弟弟都相信。

His brother would believe ____.

5. N + that/if/whether/wh- + S + V（同位語子句）

有些抽象名詞意思比較籠統，因此後面時常會接that, if, whether,或疑問詞開頭的名詞子句來解釋此抽象名詞，這個子句等同於前面的名詞，意指相同的事情，因此叫做同位語子句，可以當一個句子的主詞、受詞、和補語。常見的此類抽象名詞有hope, advice, decision, proposal, idea, impression, announcement, argument, belief, message, news, information, report, saying, statement, warning, wish, conclusion, feeling, explanation, evidence, doubt等等。

There is increasing chance **that the victim of the earthquake would survive**.
地震的受災者存活的機會提高。

She still has small doubt **whether he is her Mr. Right**.
她仍然有點懷疑他是否是她的白馬王子。

❖ 小試身手9

這對父母從不放棄希望，認為他們的兒子還活著。

The parents never give up ________________________________.

▶▶ 同位語子句在句子中的位置

(1) 主詞

The news that the President was assassinated soon spread across the country.
總統被刺殺的消息很快傳遍了全國。

(2) 動詞的受詞

I have no **idea what he is busy with**.
我不知道他在忙些什麼。

(3) 主詞補語

There is **a saying that money can't buy love**.
俗話說錢買不到愛情。

(4) 介系詞的受詞

We havn't come to **a decision who should go to the meeting**.
我們還沒決定好誰該去參加會議。

▶▶ 綜合測驗

翻譯填充：

1. 他告訴我他不喜歡他的工作。

   He told me ____

2. 這男孩告訴警察他發現那皮夾的地方。

   The boy told the police ____________________________________

3. 她沒說他們為何分手。

   She didn't say ____

4. 我們在考慮買一台新電腦。

   We are considering ______________________________________

5. 知易行難。

   __________________ is one thing; __________________ is another.

6. 他很害怕在眾人面前講話。

   He is afraid of ____

7. 有時候要誠實很難。

   Sometimes it is hard _____________________________________

8. 你知道如何架設一個網站嗎？

   Do you know ____?

9. 學英文可不是一件容易的事。

   ____ is no easy task.

10. 她告訴我哪裡可以領養一隻狗。

    She told me____

11.謝謝你幫忙我。

Thank you for ______________________________

12.守時對導遊而言是絕對必要的。

It is crucial ______________________________

13.她失去所有的錢財，她不知該怎麼辦，也不知何去何從。

She lost all her money; she didn't know ____________ and

____

14.她不確定她的同事是否已經離開辦公室。

She was not sure ______________________________

15.你想把它給誰就給誰。

You can give it to ______________________________

16.這家人完全不明白他們的貓是如何旅行200英哩找到路回家。

The family has no idea ______________________________

____

chapter 4

英文句子的解說員
——形容詞和副詞

形容詞補語

當一個形容詞單字出現在補語的位置時，它的功能是對主詞加以說明，但是一個單字能說明的內容有限，經常必須在它後面加上其他文法結構，稱為形容詞補語，來擴充補語的內容，常見的形容詞補語如下：

1. S + be + adj + to-V
2. S + be + adj + PP
3. S + be + adj. + Ving
4. S + be + adj. + that/wh-/if 子句

1. S + be + adj + to-V

She is strongly determined **to lose weight**.
她有堅定的決心要減重。

I am glad **to see your family**.
我很高興看到你的家人。

She was afraid **to wake her family up**.
她怕把家人吵醒。

通常這種句型的主詞是人，形容詞是用來形容主詞的感受或態度，而不定詞 to-V 的動詞經常是表示尚未做或不確定會發生的事情。並不是所有形容詞後面都可以接不定詞當作補語，只限於某些形容詞，在此只舉一些例子如determined, amazed, anxious, apt, lucky, pleased, proud, ready, reluctant, sad, shocked, sorry等。

❖ 小試身手1

將下列句子翻譯成英文：

(1) 我們知道他辭職都很震驚。

____

(2) 她很不甘願和她的丈夫搬到紐約。

____

2. S + be + adj + PP

一般而言，形容詞補語後面接的介系詞片語常是時間副詞或地點副詞，例如：

She was nervous **on the stage**.
她在舞台上很緊張。

The restaurant is usually crowded **on the weekend**.
這家餐廳週末通常很多人。

以上用法的介系詞是副詞而非形容詞補語，介系詞形容詞補語通常是固定用法，某個形容詞後面固定使用某個介系詞，例如be fond of, be afraid of, be familiar with, be accustomed to, be used to, be busy with, be capable of, be good at, be aware of, be conscious of, jealous of, be afraid of, be grateful to/for, be crazy about等。

The old lady **is** very **fond of** cats.
這位老婦人很喜歡貓。

He **is** not **used to** living in a dormitory.
他不習慣住在宿舍。

❖ 小試身手 2

他們忌妒他的成功。

---

3. S +be + adj. + Ving

She is happy **being** a single mother.
她樂於當單親媽媽。

We have been busy (with) **preparing** for the party.
我們已經為了這場派對忙了一陣子。

這類句型不常見，Ving 表達的動作通常是已經發生或正在發生。

4. S + be + adj. + that/wh-/if 子句

She was disappointed **that the tickets had been sold out**.
她很失望票已經賣光了。

We were worried **that we might miss the flight**.
我們擔心可能會錯過班機。

She was not sure **if she had turned off the gas before she left home**.
她不確定出門前是否有關瓦斯。

❖ 小試身手3

將下列句子翻譯成英文：

(1) 這隻小貓和這隻鳥每天一起玩和一起睡覺，真是有趣。

____

(2) 我很好奇這台舊收音機是否還能用。

____

副詞的功能與形式

副詞的功能很像一個解說員，它說明（修飾）一個動作發生的時間、地點、方式、頻率等，或說明某個狀態的程度、範圍等。它可以加強肯定，也可以否定。基本上一個英文副詞可以用來說明一個動詞、形容詞、其它副詞、或一個句子，而一個具有副詞功能的文法結構可能是一個單字（如quickly, fast, well等）、片語（with care, in the station, having finished my work等）、或子句（if it is necessary）。

副詞單字

許多副詞單字的形式是一個形容詞字尾加上-ly，如quickly, loudly, quietly等，但也有的不是如此，例如 hard, fast等。一般而言，副詞在修飾動詞時，放在動詞的後面，例如：

She was dancing **gracefully**.
她優雅地跳著舞。

People on the playground were moving **fast**.
操場上的人都移動地很快。

有某些副詞放在動詞之前，如almost, already, 頻率副詞usually, always, often, sometime, seldom, never, 和表示否定的hardly, barely等。

I could **hardly** recognize her after she had a haircut.
她剪完頭髮後我幾乎認不出她。

He **almost** fell down the cliff when he was climbing the mountain.
他爬山的時候差一點掉下懸崖。

副詞在修飾形容詞時，通常放在形容詞前面，所以在被動語態中，副詞也放在過去分詞之前，因為過去分詞類似形容詞。例如：

The task is **extremely** difficult for him.
這工作對他而言極度困難。

This type of cell phone is **widely** used by students.
這款手機很多學生用。

只有少數副詞可以修飾其它副詞，例如 really, very, pretty, quite, so, enough, rather, too，除了enough之外，這些副詞都放在被修飾的副詞之前。

She learns languages **incredibly** quickly.
她學習語言快得不可置信。

The old man ate **too** fast and got choked.
這位老先生吃太快而哽到。

少數副詞也用來修飾名詞以說明時間或地點，例如：

the meeting tomorrow 明天的會議
our neighbor upstairs 樓上的鄰居

少數副詞例如almost, nearly, hardly, about 用來修飾數詞（one million, two hundred）和代名詞（everyone, everything）。例如：

Nearly everyone in the town went to his funeral.
幾乎鎮上每一個人都參加他的葬禮。

He stayed in the hotel for **about** ten days.
他在那家旅館住了大約十天。

還有一些副詞可以修飾名詞片語，表示程度，如 quite, rather, so, such：

They had **quite** a good time.
他們玩得相當愉快。

She is **such** a lovely child.
她真是一個可愛的孩子。

相較其他的詞類，副詞的位置比較有彈性，例如：

This type of cell phone is used by students **widely**.
=This type of cell phone is **widely** used by students.
這款手機很多學生用。

Actually, little has been done to solve the problem.
= Little has **actually** been done to solve the problem.
事實上，這問題並沒有被好好解決。

有些副詞單字可以修飾一整個句子，例如：

Fortunately she was not hurt in the accident.
幸好她沒有在這次意外中受傷。

Suddenly it started raining.
突然開始下雨了。

❖ 小試身手 4

將下列片語或句子翻譯成英文：

(1) We were all excited about ______________________ （明天的郊遊）

(2) 他從來沒有看過北極熊。

____

(3) 他早餐通常吃三明治。

____

副詞片語

副詞片語是具有副詞功能的片語，和副詞單字一樣，副詞片語說明（修飾）一個動作（動詞）發生的時間、地點、方式、頻率、或目的等；或某個狀態（形容詞）的程度、範圍等。通常是一個介系詞片語（PP）或不定詞片語（to-V）。例如：

Please handle the statue **with care**.（修飾動詞handle）
請小心處理這個雕像。

No human being is perfect **without sin**.（修飾形容詞perfect）
沒有一個人是完美無罪的。

He never eats **without saying prayers**.（修飾動詞eats）
他每次吃東西都要禱告。

They are saving money **to go to Switzerland**.（修飾動詞saving money）
他們在存錢為了要去瑞士。

He squeezed through the crowd（**in order**）**to see the movie star**.
他擠過人群為了要看那位電影明星。

❖ 小試身手 5

將下面句子翻譯成英文：

(1) 自從她得知此噩耗後幾乎沒吃甚麼東西。

____

(2) 他過去曾在西雅圖住過十年。

____

副詞子句

副詞子句通常是以一個連接詞開頭的附屬子句，說明時間（例如when, before, until, no sooner）、方式（the way, like）、條件（if, unless）、結果（so…that）、讓步（although, even though）、地點（wherever, everywhere）、比較（as…as）、目的（in order to, so that）、理由（because, since）等。通常放在要修飾的主要子句之後，如果放在前面則須以逗號和後面的主要子句隔開。例如：

He won't give up **until he gets what he wants**.（時間）
他要得到他想要的東西才會罷手。

If he had not participated in the conference, he would not have met his wife.（條件）
如果他沒參加那場會議，他就不會認識他的妻子。

The noise was **so** loud **that** we could not hear each other.（結果）
噪音太大聲以致於我們聽不到彼此說的話。

分詞構句（主詞相同）

以附屬連接詞為首的副詞子句時常被簡化為分詞構句，意即以現在分詞（Ving）或過去分詞（Vpp）為首的分詞片語來表示二個主詞相同的動詞之間的原因、時間、細節、條件等，有時候也可以使用形容詞在分詞的位置。現在分詞（Ving）表示主動，過去分詞（Vpp）表示被動。適用分詞構句的附屬連接詞有because, after, when, since, if though, as if, even if, unless等，通常because, after, since等表示原因或時間的連接詞在改成分詞構句後會被省略，其他連接詞如as if, unless則須保留。若主要子句之後連接詞被省略，則分詞片語以逗號和主要子句分開。分詞構句是常用的寫作技巧，可以避免前後二個句子出現同樣的主詞，使文句精簡。

他在這家公司工作了20年，所以認識每一位員工。
Because he has worked in the company for 20 years, he knows every employee here.
►**Having worked in the company for 20 years**, he knows every staff here.（Having worked in the company for 20 years表示原因，寫法為省略連接詞because和副詞子句的主詞he，並且把動詞has worked改為現在分詞having worked。）

他心中納悶Jessica為何還沒來上班，就打電話給她。
He phoned Jessica because he wondered why she had not come to work.

►He phoned Jessica, **wondering why she had not come to work**.

（wondering why she had not come to work表示原因，寫法為省略連接詞because和主詞he，並且把動詞wondered改成現在分詞wondering。）

這個病人身體受傷且心中無聊，所以脾氣愈來愈暴躁。

The patient got short-tempered because he was injured and bored.

►**Injured and bored**, the patient got short-tempered.

（Injured and bored表示原因，寫法為省略連接詞because和主詞 he，因為原句是被動語態，已經有過去分詞，就省略主詞和be動詞，以過去分詞injured and bored為首。）

一張支票若沒簽名就無效。

A check is not valid unless it is signed.

►A check is not valid **unless signed**.

（unless signed表示條件，因為原句是被動語態，已經有過去分詞，就省略主詞it和 be動詞is，保留過去分詞signed，連接詞unless也須保留，句意才清楚。）

團結則存，分裂則亡。

If we are united, we stand; if we are divided, we fall.

►**United** we stand, **divided** we fall.（出自伊索寓言）

（United和divided表示條件，省略if且把條件放置句首，屬文學寫作方法。）

如果有必要可以使用投影機。

You may use the projector if it is necessary.

▶You may use the projector **if necessary**.
（if necessary表示條件，省略主詞it和be動詞is，以形容詞放在分詞的位置。）

分詞構句也適用於用and連接的二個對等子句，表示同時發生的二個動作或前面的動作造成後面動作的發生。例如：

The air crashed happed at around 10: 20 a.m. and killed all 183 passengers and crew on board.
▶The air crashed happed at around 10: 20 a.m., **killing** all 183 passengers and crew on board.
（這起空難發生在上午約10點20分，機上183名乘客及機組人員全部罹難。）（表示同時發生的二個動作及後果，寫法為省略連接詞and，並將動詞killed改為現在分詞killing。）

He died at 32 years old and left huge debt to his wife.
▶He died at 32 years old, **leaving** huge debt to his wife.
他32歲過世，留下巨額債務給他妻子。（表示同時發生的二個動作及後果，寫法為省略連接詞 and，並將動詞 left 改為現在分詞leaving。）

❖ 小試身手6

將下面句子翻譯成英文：

(1) 這個主題樂園開始於1990年，現在每年吸引約十萬遊客到這個城市。

____

(2) 他在英國受教育，所以說英文時有英國腔。

____

分詞構句（主詞不相同）

若這類副詞子句的主詞和主要子句的主詞不同也可以使用分詞構句，這時連接詞省略，但在分詞片語加上主詞。例如：

His car being broke down, he walked one hour to find a garage.
他的車子拋錨了，他只好走一個小時去找修車廠。

Time permitting, we may watch the entire video before we take a break.
若時間允許，我們可以在下課前看完這部影片。

Both of his parents being violinists, he could play violin well when he was six.
他的雙親都是小提琴家，所以他六歲時就很會拉小提琴。

這種主詞不同的分詞構句若分詞片語是用來說明伴隨發生的事情或原因，則可以在分詞前面加上介系詞 with，並直接連接在主要子句後面。例如：
She stood there **with** her hair **blowing** in the wind.
她站在那兒頭髮隨風飄動。

Shubert died **with** his Symphony No. 8 **unfinished**.
舒伯特尚未完成第九號交響曲就過世了。

❖ 小試身手7

將下面句子翻譯成英文：
他喜歡開著窗戶睡覺。

___

chapter 5

英文句子的五大句型

目前為止我們已經看過組成英文句子的單字、片語、和子句，現在來看完整的句子。英文句子最常見有五種句型：

1. S + Vi ….（主詞+不及物動詞）

這類句型包含二個基本要素：主詞和不及物動詞。是指某個人事物（主詞）做一個自身就能完成的動作（主詞+不及物動詞），如run, smoke, walk, speak等，這些動作不須有一個對象來接受，所以稱為不及物動詞。前面提到中文的時間、地點、和方式通常依序放在動詞的前面，但是英文則要將方式、地點、時間依序放在動詞部分（包含受詞和補語）的後面。例如：

We live here.
我們住在這裡。

He couldn't swim when he was 11.
他11歲時不會游泳。

❖ 小試身手1

Jack每天走路去上班。

____

2. S + Linking V + S.C⋯.（主詞+連綴動詞+主詞補語）

這類句型是用來說明某個人事物（主詞）的性質或狀況。連綴動詞本身意義不完整，是用來連接前面的主詞和後面的補語以對主詞加以補充說明，英文中的be動詞, become, 和seem 是純粹的連綴動詞，也就是說它們只能當連綴動詞；另外有許多及物和不及物動詞也可以當作連綴動詞，如appear, grow, prove, remain, turn, keep和感官動詞look, sound, smell, taste, feel。由於人類常用五官來體認外界事物的性質或狀況，因此感官動詞都可以屬於此類句型。補語的結構依連綴動詞而定，最常見的是形容詞和名詞。句子中若有其他內容如方式、地點、時間，通常都放在依序這三個基本要素之後。

中文的這類句子時常沒有動詞，例如「這條項鍊很貴！」，學生若是不熟悉英文句型，就會寫錯變成 *This necklace very expensive! 漏掉連綴動詞be。

He is a lawyer.
他是律師。

Joanne became a scientist after she grew up.
Joanne長大以後成為科學家。

She appears to have been sick.
她好像剛生過一場病。

❖ 小試身手2

這娃娃看起來真可愛漂亮。

____

3. S + Vt + O ….. （主詞+及物動詞+受詞）

這類這類句型是用來說明某個人事物（主詞）做了某個動作在另一個人事物（受詞），及物動詞的意思是這類動作必須有個接受的對象，如hit, like, want, buy必須加上受詞意義才完整。英文和中文類似，都是主詞+及物動詞+受詞的順序。句子中若有其他內容如時間、地點、或方式，通常都放在這三個基本要素之後。

I like the present he gave me.
我喜歡他送我的禮物。

She didn't understand why you said that.
她不明白你為何那樣說。

❖ 小試身手3

我不會做泰式料理。

____

★連綴動詞和及物動詞的區分：

許多學生容易將連綴動詞和及物動詞混淆而不明白動詞後面是說明主詞的補語還是接受動作的受詞，一個很簡單的方式就是用be動詞替換原有動詞，看看整句是否合乎邏輯，若是的話則原有動詞是連綴動詞，如下面例句：

Most people want to look young when they grow old.
大部分的人到年老時都希望看起來很年輕。

Mr. Willy grows potatoes.
Willy先生種植馬鈴薯。

若把第一句後面they grow old的grow替換成be動詞，變成they are old，句意仍然合乎邏輯，若把第二句的grow替換成be動詞，變成*Mr. Willy is potatoes則不合乎邏輯，由此可見第一句的grow是連綴動詞，表示「逐漸變成」，後面的old是主詞補語，說明主詞they的狀態；而第二句的grow是及物動詞，表示「種植」，後面的potatoes是受詞。

4. S + Vt + O + O.C.（主詞+及物動詞+受詞+受詞補語）

這類句型通常用來表示主詞對動詞產生影響，使受詞產生變化，或主詞驅使受詞採取某個行動，受詞補語說明對受詞造成的變化或受詞採取的行動，通常是形容詞、名詞或不定詞。如下面例句：

This movie made her sad.
那部電影使她感到悲傷。

The security guard warned them not to cross the waiting line.
警衛警告他們不要跨越等候線。

Jack never allows his daughter, who is 15 years old, to go out alone.
Jack的女兒15歲，然而他從來不讓她單獨出門。

❖ 小試身手4

他們選他做領導人。

____

5. S + Vt + I.O + D.O （主詞+及物動詞+間接受詞+直接受詞）

這類句型的動詞通常是授與動詞，也就是主詞將某事物傳遞給某人或物，在此被傳遞的事物是直接受詞，而接受的人物則是間接受詞。若是間接受詞和直接受詞位置對調則必須在中間插入介系詞，且介系詞是因動詞而改變，例如He gave me the disk.要改成He gave the disk to me.，但是He bought me a cell phone. 就要改成He bought a cell phone for me.。

He asked Lucy whether he was right.
他問Lucy他是對的與否。

You promised me to wash the dishes.
你答應過我你要洗碗。

❖ 小試身手5

他把鑰匙給我。

____

▶▶ 英文名句句型分析

本節從英文聖經及世界諺語挑選句子分析其架構，指出主詞、動詞、受詞、補語、副詞等位置，其中的簡寫標示說明如下：

adj. = 形容詞
adj. cl. =形容詞子句
adv. = 副詞
adv. cl. = 副詞子句
cl. = 子句
conj. = 連接詞
Det. = 冠詞
DO = 直接受詞
Gerund （Ger.） = 動名詞
IO = 間接受詞
modifier = 修飾語
n. = 名詞
NP = 名詞片語
O = 受詞
OC = 受詞補語
PP = 介系詞片語
prep. = 介系詞
S = 主詞
SC = 主詞補語
to- V = 不定詞片語
V = 動詞
Ving = 現在分詞
Vpp = 過去分詞
Passive V = 被動語態動詞

1. The wealth of the mind is the only true wealth.
心靈的財富才是唯一真正的財富。——英文諺語

The wealth of the mind　is　the only true wealth。
S　V　SC

S ➡ The wealth + of the mind
N　PP

主詞中的主角是wealth，後面的介系詞片語of the mind是後位修飾語，形容前面的主詞，細箭頭符號代表後面部份是前面部份的修飾語。翻譯時要

照中文形容詞先於名詞的順序，譯成「心靈的財富」，主詞補語the only true wealth中只有前位修飾語only 和true，在此可照順序翻譯為「唯一真正的財富」。

2. Liberty is the right to do everything which the laws allow.
自由就是在法律允許的範圍下有權做任何事。——英文諺語

Liberty is the right to do everything which the laws allow.
S V SC

SC ➡ the right + to do everything which the laws allow
N to - V

to- V ➡ to do everything +adj. cl.[which the laws allow]
n. (O) S V

本句的主詞補語the right to do everything which the laws allow 雖然很長，但是真正的主角是right，等於主詞liberty。the right 後面的不定詞to do everything which the laws allow 是後位修飾語，形容前面的the right，中文本來應該翻譯為「做法律允許的每一件事情的權利」，但如此說法很奇怪，不像中文，「在法律允許的範圍下有權做任何事」比較貼切，由此可見英文的名詞翻譯成中文時經常變成動詞，如本句從「….的權利」轉換為「有權利做….」。

everything後面的關係子句是後位修飾語，形容前面的everything，中文翻譯為「法律允許的每一件事情」，看起來和上面整句的翻譯不同，因為放在整句中翻譯時則需要根據上下文做調整。

3. There is no rose without a thorn.
朵朵玫瑰皆有刺（沒有十全十美的人生）。——英文諺語

There is no rose without a thorn.
S V SC

SC ➡ rose + without a thorn
n. PP

主詞補語rose without a thorn中的without a thorn是後位修飾語，形容前面的主詞，中文似應翻譯為「沒有刺的玫瑰」，但放在整句若翻成「沒有沒有刺的玫瑰」會非常奇怪，因此把玫瑰改放在主詞變成「朵朵玫瑰皆有刺」，由此可見中英文句子的結構不同。

4. Nothing great was ever achieved without enthusiasm.
沒有熱誠難成大事。——英文諺語

Nothing great was ever achieved without enthusiasm.
S Passive V adv. (PP)

本句主詞nothing只接受後位修飾語，所以great要放後面，動詞部分是被動語態be + Vpp，副詞部分without enthusiasm與主詞形成雙重否定，負負得正的句意。

5. What you really value is what you miss, not what you have.
人真正珍惜的是未得到的，而不是所擁有的。——英文諺語

What you really value is what you miss, not what you have.
S V SC_1 SC_2

S ➡ What you really value
wh- S V

SC_1➡ what you miss
wh- S V

SC_2➡ what you have
wh- S V

本句的主詞和主詞補語都是疑問詞後面接子句（wh- + S + V）的結構，前面提到這種結構功能相當於名詞，所以可以出現在主詞或補語的位置。

6. He who has hope has everything.
擁有希望的人擁有一切。——英文諺語

He who has hope has everything.
S V O

S ➡ He +adj. cl.[who has hope]
n. S V O

主詞he who has hope 中真正的主詞是he，後面的關係子句who has hope是後位修飾語，當作形容詞修飾前面的主詞he，中文為「有希望的人」。

7. He who ignores discipline comes to poverty and shame, but whoever heeds correction is honored.
棄絕管教的，必致貧受辱；領受責備的，必得尊榮。——聖經

He who ignores discipline comes to poverty and shame, but
S1 V1 adv. (PP) conj.

whoever heeds correction is honored
S2 V2 SC (Passive V)

S1 ➡ He + adj. cl.[who ignores discipline
n. S V O

adv. ➡ to poverty and shame
prep. NP

S2 ➡ whoever + adj. cl.[heeds correction]
n. V O

這句包含二個子句，以but連接。第一個主詞he who ignores discipline 中真正的主角是he，who ignores discipline 是後位修飾語中的關係子句，也是形容詞子句（adj. cl.） 形容前面的he，意思是「棄絕（忽視）管教的人」，第二個主詞whoever heeds correction中的whoever等於anyone who，兼具被修飾的主角（先行詞） he和關係代名詞who的功能，who後面帶出動詞部分heeds correction形成形容詞子句（adj. cl.）（也就是關係子句），形容前面的he，意思是「領受責備（指正）的人」。第一個子句中的介系詞片語to poverty and shame在句中的功能是副詞，修飾動詞comes的方向。

8. He who spares the rod hates his son, but he who loves him is careful to discipline him.

不忍用杖打兒子的，是恨惡他；疼愛兒子的，隨時管教。——聖經

He who spares the rod (S1) hates (V2) his son (O), but (conj.) he who loves him (S2) is (V) careful to discipline him (SC).

S1 ➡ He (n.) + adj. cl.[who (S.) spares (V) the rod (O)]

S2 ➡ he (n.) + adj. cl.[who (S.) loves (V) him (O)]

SC ➡ careful (adj.) to discipline him (to- V)

本句由二個子句組成，以but連接。二個子句的主詞都是名詞加後位修飾語形容詞子句所形成的名詞片語。關係代名詞who是主格，表示前面名詞（先行詞）是後面的動詞的主詞，也就是說明先行詞he所做的動作（spares the rod和loves him）。第二句的主詞補語包含形容詞careful和不定詞片語to discipline him組成的形容詞補語。

9. The path of the righteous is like the first gleam of dawn, shining ever brighter till the full light of day.
義人的路好像黎明的光，越照越明，直到日午。——聖經

The path of the righteous　is　like the first gleam of dawn,　shining
S　V　SC
ever brighter till the full light of day.
Ving （現在分詞片語）

S ➡ The path + of the righteous
NP　PP

SC ➡ like　the first gleam + of dawn, shining　ever brighter　till the
prep.　N　PP　Ving　adv.
full light of day
adv. (PP)

本句的主詞補語包括介系詞like和後面的名詞片語the first gleam of dawn, shining ever brighter till the full light of day，此名詞片語的主角是gleam，前面的first是前位修飾語，後面有二個後位修飾語，一個是介系詞片語of dawn，一個是現在分詞片語shining ever brighter till the full light of day。若名詞後面有二個後位修飾語，一個是片語，一個是子句，則按照由簡而繁的原則片語放前面，這句的現在分詞片語shining ever brighter till the full light of day其實是關係子句which shines ever brighter till the full light of day 的簡略，因此放在後面。shining之前加逗號的原因是因非限定用法。

10. A heart at peace gives life to the body, but envy rots the bones.
心中安靜是肉體的生命，嫉妒是骨中的朽爛。——聖經

A heart at peace gives life to the body, but envy rots the bones.
S V DO prep. IO conj. S V O

S ➡ A heart + at peace
N PP

本句包括二個子句，以but連接。第一個子句的主詞a heart at peace中真正的主角是the heart，後面的介系詞片語at peace是後位修飾語，形容the heart，意思是「寧靜的心」。第一個子句的間接受詞和直接受詞位置調換，所以需要加上介系詞to來連接，原本的順序是A heart at peace give the body life.，二種順序都正確，視句子的結構及想強調的部分做選擇。

11. He who guards his mouth and his tongue keeps himself from calamity.
謹守口與舌的就保守自己免受災難。——聖經

He who guards his mouth and his tongue keeps himself from calamity.
S V O OC

S ➡ He +adj. cl.[who guards his mouth and his tongue]
n. S V O

本句的主詞包含he和後位修飾語who guards his mouth and his tongue，譯為「謹守口與舌的人」。受詞himself後面的介系詞片語from calamity其實是受詞補語，補充說明受詞himself的狀態，這類由介系詞片語所形

成的受詞補語和前面的動詞是固定用法，其他例子還有prevent…from, deprive…of 等。

到此為止可以看出名詞後位修飾語可能會有下面結構：

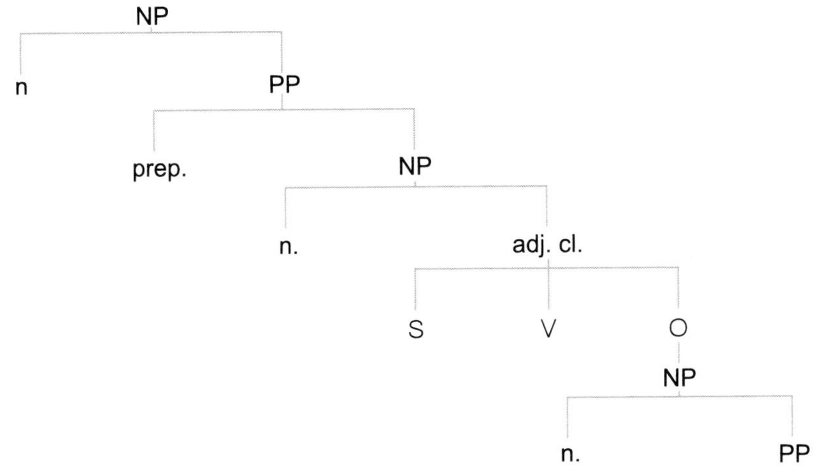

換句話說，介系詞片語裡面的名詞後面可能又再接一個介系詞片語，其中的名詞裡面可能接形容詞子句，形容詞子句裡面的名詞又可能接介系詞片語，如此循環不已，甚至加上不定詞等其它後位修飾語。總而言之，英文句子中的後位修飾語很重要，必須分清楚哪些後位修飾語是用來修飾哪個名詞。

▶▶ 綜合測驗

I.找出下列句子中的受詞：

(1) Do you know her name?

(2) What's the meaning of life?

(3) I'm looking forward to seeing you.

II. 將下列句子各結構標識出來：

如： He is my brother.

S V SC

(1) She is not my student.

(2) An ostrich cannot fly.

(3) I didn't buy her anything.

(4) The teacher wanted me to rewrite the essay.

(5) I heard someone screaming.

(6) Roses are red.

(7) Young people enjoy bungee-jumping.

(8) The sun has risen.

(9) He gave me a suggestion.

(10) The loser would not face the reality.

chapter 6

英文的時間觀念
——動詞時態與情狀

英文動詞的時態（tense）與情狀（aspect）不同，時態是某動作發生的時間，分為過去、現在、和未來三種；情狀則是指某動作的行為狀態，表示開始、終止、繼續、完成、或重複等，分為簡單式、進行式、完成式、以及完成進行式。此三種時態和四種情狀配合形成12種動詞時間變化。在此以情狀（aspect）為主軸分述之。

	動詞情狀	句型結構
1	簡單式	S + V
2	進行式	S + be + Ving
3	完成式	S + has/have/had + Vpp
4	完成進行式	S + has/have/had + been + Ving

1.簡單式： S + V…

簡單式的基本句型結構是在主詞後面放一個動詞，若該動詞有受詞、補語、副詞等則接在後面。這裡的動詞包括be動詞和一般動詞。該動詞的形式依照時態分為下面三種：

(1) 現在簡單式：S + $V_{(s)}$

現在簡單句的動詞除了第三人稱單數以外，都以現在式，也就是原型呈現，動詞單字後面不加任何字尾。若主詞是第三人稱單數如he, she, it的話，則動詞字尾後面加s或es。

要特別注意英文的現在簡單式不是表示現在發生的事情，而是指一不變的常態，例如事實、習慣、性質、真理，也就是某一存在的靜態現象或某一過去有、現在有、將來也可能重複出現的動態行為等。例如：

The earth is round.
地球是圓的。（存在的靜態現象）

The earth revolves around the sun.
地球繞著太陽轉。
（過去有、現在有、將來也可能重複出現的動態行為）

(2) 過去簡單式： S + V-ed

在過去簡單式中，動詞以過去式呈現，規則的動詞過去式在字尾接ed，不規則的動詞過去式則換不同的單字。過去簡單式中表示在過去某個時間點發生的事情或存在的現象。例如：

He graduated from college in 2011.
他在2011年大學畢業。（過去某個時間點發生的動作）

He was sick yesterday.
他昨天生病。（過去某個時間點存在的現象）

另外，如果在過去曾持續一段時間，但距離現在已經間隔中斷的動作，也適用過去式。例如：

He worked for this company from Jan. 2000 to Dec. 2010.
他從2000年一月到2010年12月在這家公司工作。

這個句子表示的動作work的時間起始點和終點都在過去，因此視為一個過去的單一事件。

過去式只單純表示過去某個時間發生某件事情，並不說明事情的結果如何，例如：

A: He broke his right arm last year.
B: Really? Has he recovered yet?
A：他去年跌斷右手臂。
B：真的？他現在復原了嗎？

有些表示說話或想法的過去式動詞，受詞若有動詞則必須以過去式為主軸。例如：

She said that she **was** happy with her new job.
她說她在新的工作很愉快。
（過去的時間談論當時的情形，所以同樣用過去式was。）

He thought you **would** agree with him.
他以為你會同意他的看法。
（在過去的時間以為或預測未來的事情，要用未來式助動詞will的過去式would）

We knew she **had changed** her name.
我們知道她已經改了名字。
（在過去的時間知道比說話當時更早發生的事情，所以用過去完成式had changed）

I didn't know you **have** a brother.
我不知道你有一個哥哥。
（在過去的時間知道不變的事實，要用現在式have）

I saw your ad yesterday; it said you **have** a room for rent.
我昨天看到你們的廣告，上面說你們有一個房間要出租。
（在過去的時間延續到現在的狀況，要用現在式have）

注意英文的時間觀念和中文不同，中文對話的「現在」通常指的是同一主題下的說話內容，但是英文對話則是前一秒就算過去式。例如：

A: I just won one million dollars.
　我中了一百萬元。
B: What did you say?
　你說甚麼？

若因沒聽清楚或不敢相信所聽到的話而要求說一次，此時對方可能才說完幾秒，但對英文而言已經是過去的時間，所以要用過去式did。

(3) 未來簡單式：S + will Vroot
S + be going to + Vroot

未來簡單式的動詞有二種型式，一個是助動詞will後面接動詞原型，一個是助動詞片語be going to接動詞原型，二者意義不盡相同，簡單地說，will後面接動詞原型表示預測、相信、或知道未來會發生的事情，或說話當時所做的決定或承諾。例如：

Tomorrow the high temperature will be 77 Fahrenheit, and the low will be 70.
明天氣溫最高是華氏77度，最低70度。（預測）

I forgot to send him the email. I will do it now.
我忘記寄email給他，我現在馬上寄。（承諾）

助動詞片語be going to後面接動詞原型表示即將要發生、已經有端倪或徵兆的事情，或是已經安排、決定好不久的未來要做的事情。例如：

Look at the cloud in the sky. It's going to rain.
天上都是烏雲，快下雨了。（已經有徵兆）

Mr. Foster is going to meet you at the airport at ten o'clock.
Foster先生十點整會在機場接你。（已經安排好）

有些動詞可以用現在進行式替代be going to後面接動詞原型，如leave, move, go, come等。表示安排或決定即將要做的事情。例如：

My parents are moving to Florida to live with my sister.
我父母要搬家到佛羅里達州去和我姊姊一起住。

2. 進行式： S +be + Ving

進行式是表示持續進行中的動作，也就是只有起點，還沒有終點的動作，因此只能用在可以持續不斷的動詞。

(1) 現在進行式：S + is/am/are + Ving

進行式是表示現在正在持續進行中的動作。例如：

They are flying kites at the park.
他們在公園放風箏。

He is writing a book about gardening.
他在寫一本有關園藝的書。

You are being too kind.
你太客氣了。

有些動作如上面第二句的寫書需要長時間間歇性的進行，不可能一天24小時不間斷，也適用於進行式。第三句使用being是表示當下的狀態，例如He is kind.表示他的個性一直都是仁慈的；而He is being too kind. 則是因為他當下說了某句話或做了某件事使人覺得他很客氣。

在前面提過現在進行式也可以表示即將的未來，通常會加上時間。例如：

We are having a cocktail party tomorrow night.
我們明晚有一場雞尾酒會。

Your uncle is visiting us this weekend.
你的叔叔這周末要來看我們。

有些動詞是瞬間動詞如see（看到），find（找到），wake（醒來），die（死亡）等等，這些動作的完成只需要一瞬間，無法延續，不能使用進行式，若這類動詞出現在進行式，則做不同解釋。如Is she seeing someone?中的see不是「看到」，而是「交往」。另外某些表示心思意念的動詞，如want（想要）、love（喜愛）等，通常不用進行式。

(2) 過去進行式：S + was/were + Ving

過去進行式表示在過去某個時間點正在進行的動作，通常在句子的上下文或句子本身要清楚交代這個過去的時間點，因此時常與過去式子句一起使用。例如：

What were you doing at nine o'clock last night?
昨晚九點時你在做甚麼？

I was not listening when the teacher called my name.
當老師叫我的名字時我沒在專心聽。

(3)未來進行式：S + will be + Ving

未來進行式時常用在預測或相信在未來的某個時間，某個動作會在進行當中，也必須清楚交代未來的時間點。

A: See you at 10 a.m. tomorrow morning.
明早十點鐘見。

B: All right. I will be expecting you.
好，我到時候會等待你的來臨。

We will be sleeping when you come home.
你回來的時候我們會在睡覺。

3. 完成式： S + have + Vpp

完成式表示一個動作的完成，可約略對應中文的「已經」或「曾經」

(1) 現在完成式：S + have/has + Vpp

現在完成式表示到目前為止已經完成或曾經發生的動作，若主詞是第三人稱單數，助動詞用has，其他用have。常以since接過去式子句以表示過去時間的起點，或用for接片語以表示持續的時間長度。例如：

She has never entered her son's room since he died one year ago.
自從她兒子一年前過世到現在她不曾踏進她兒子的房間。

He has been sick for a month.
他已經病了一個月。

I have been to Australia twice.
我曾經去過澳洲二次。

He has always wanted to be a singer.
他一直想當歌手。

現在完成式有延續一段時間的涵義，因此也不適用於某些瞬間動詞，如die和marry都不能用在現在完成式，而必須使用形容詞表示狀態的延續：

My father has been dead for 15 years.
我父親已經過世15年了。

They have been married for 36 years.
他們已經結婚36年了。

(2) 過去完成式：S + had + Vpp

過去完成式表示在過去某個時間點之前已經完成或發生的動作，時常和過去式子句一起用以交代時間的終點。例如：

She had left the office when I got there.
我去到她的辦公室時，她已經走了。

In the 1920s, the airplane had been invented.
在20年代，飛機已經被發明了。

(3) 未來完成式：S + will have + Vpp

未來完成式用來預測或相信在未來某個時間點，某個動作將已經完成或發生。

You will have graduated when the construction of the new school dormitory is completed.
學校新宿舍蓋好的時候你已經畢業了。

The movie will have started by then.
到那時候電影就已經開始了。

4.完成式進行式：S + has / have + been + Ving

完成式進行式顧名思義結合了完成式和進行式的特色。

(1) 現在完成式進行式：S + have / has + been + Ving

現在完成式進行式表示（a）到目前為止某個活動已經持續一段時間，也可能還繼續進行；（b）某個活動持續一段時間後剛結束不久，特別是其效果影響還存在。

I have been waiting for the bus for 30 minutes.
我已經等這班公車30分鐘了。

He has been learning English for five years.
他已經學英文五年了。

You have been driving for six hours; you must be exhausted.
你剛開了六小時的車，你一定累壞了。

(2) 過去完成式進行式：S + had been + Ving

過去完成式進行式表示在過去某個時間點之前某個動作已經持續一段時間，也可能還繼續進行或剛停止。常與過去式子句一起用以交代過去的時間點。例如：

He had been making movies for 20 years when he won the Best Director Oscar.
當他獲得奧斯卡金像獎最佳導演時，他已經拍電影20年了。

Our dog had been barking at our back yard for one hour when our neighbor called the police.
我們鄰居報警時，我們家的狗已經連續在後院狂吠了一小時。

By the time the missing girl was found, she had been wandering in the desert for three days.
這位失蹤的女孩被發現時已經在沙漠遊走了三天。

(3) 未來完成進行式：S + will have been + Ving

表示到未來某個時間，某個動作就已經持續了一段時間，也可能還繼續進行或剛停止。

We will have been living in this house for 12 years next month.
到下個月我們就在這間房子住12年了。

He will have been working in the factory for 40 years when his youngest son graduates from college.
到他最小的兒子大學畢業時，他就在這家工廠工作40年了。

最後提到被動語態和時態的關係，很多學生在寫被動語態句子的時候很容易把時態弄錯，其實被動語態的二個基本元素是be動詞和動詞的過去分詞（Vpp），其中be動詞又會因時態和情狀有所不同，12個時態中嚴格說來只有8種有被動，未來完成式和所有完成進行式雖然有被動的句型存在，但是幾乎不用。另外要注意二點：(1)中文很少使用被動，許多英文的被動句對應到中文都變成主動句；(2)並非所有英文主動句子都可改為被動句。下面列出各時態的被動句寫法：

時態	被動語態句型
現在簡單式	S + is/am/are + Vpp The oven is made in Germany. 這烤箱是德國製的。
過去簡單式	S + was/were + Vpp The Chun-Shan Building in Yangmingshan was designed by Mr. Xiu Zelan. 陽明山的中山樓是修澤蘭女士設計的。
未來簡單式	S + will/be going to + be + Vpp Much more damage will be done before we act to solve the problem. 如果我們不採取行動來解決這個問題，還會有更多的損害。
現在進行式	S + is/am/are being + Vpp Your case is currently being discussed by the committee. 你的案子目前正由委員會討論中。
過去進行式	S + was/were being + Vpp There was a power outage when he was being interviewed for a job. 當他正在（被）面試一份工作時發生了停電。
未來進行式	S + will be being + Vpp（極少用）
現在完成式	S + has/have been + Vpp Face Book has been widely used by students for class discussion. 臉書已經廣泛被學生用在課業討論。
過去完成式	S + had been + Vpp The poor girl had been abused by her step-mother for three years before she was sent to a foster family. 這位可憐的女孩在被送到寄養家庭之前已經被繼母虐待了三年。
未來完成式	S + will have been + Vpp The parcel will have been sent to Australia then. 到那時候包裹就已經被送到澳洲了。
現在完成進行式	S + has/have been being + Vpp（極少用）
過去完成進行式	S + had been being + Vpp （極少用）
未來完成進行式	S + will have been being + Vpp（極少用）

綜合測驗

根據括號裡的動詞填入適當的時態：

1. A: We ______________ (see) Spiderman 4 tonight. Do you want to come with us?

   B: I ________________________________ (see) it.

   A: Really? When ____________________ (you see) it?

   B: Last Monday.

2. A: Jack lost his dog last month.

   B: Oh! No! _________________________ (he find) it?

3. A: It _____________ (rain) outside. Put on your raincoat.

   B: It ______________________________ (rain) for a week! When ______________________________ (it stop)?

   A: The weatherman said it _______________ (be) sunny tomorrow.

4. A: Where is your roommate?

   B: He ________________ (not be) back until tomorrow.

5. Please be quiet. I _______________ (try) to concentrate.

6. A: There's the doorbell. Could you answer the door?

   B: Okay. I _________________ (come).

7. The dog _________________ (take care of) the orphaned kitten since the latter lost its mother.

8. A: What __________________________ (you do) tonight?

   B: I ___________________ (not decide). Maybe I'll just stay home.

9. A: She ______________ (get) her master degree in the United states seven years ago.

   B: How long ____________________ (she study) there?

10. A: ______________________ (you work) this weekend?

    B: Yes, as usual.

11. When he talked to me, I ____________________________ (know) he ____________________ (lie).

12. He __________________ (always want) to be a writer before he wrote his first book.

13. A: I saw Mrs. Wright in the City Hall this morning.

    B: You ________ (do)? What ____________________ (she do) there?

14. Son: I'll move out if you don't give me a guitar.

    Father: You __________________________________ (unreasonable)!

15. The children ________________________ (watch) TV for three hours when their mother came home from work.

16. I __________________________________ (go to bed). Good night.

17. This class ____ (teach) by Mr. Isaac next semester.

18. This is the most expensive cell phone I ________________________ (ever have).

19. You can't use the restroom now. It ______________________ (clean).

20. I can't find my car keys. ______________________________________ (you see) them?

chapter 7

動詞的種類與搭配句型

這一章把英文常見的動詞種類和它們在句子中的搭配文法結構都列出討論，適合用在寫作或翻譯練習。

▶▶ be動詞後面常出現的補語結構

be動詞是英文中最常見的連綴動詞，呈現句子的時態，配合主詞的人稱及單複數，後面接的是主詞補語，形式非常多，如下表：

1. S +be + N
2. S +be + adj.
3. S + be + Ving
4. S + be + Vpp
5. S + be + to-V
6. S + be + prep. + N（介系詞片語）
7. S + be + 地方副詞（here, there, out, up, in等）

1. S +be + N

be動詞後面常接名詞，用來表述主詞的身分，這裡的名詞N代表所有名詞單字、名詞單字加上前後修飾語、名詞同位語子句、以及具有名詞功能的結構。因為種類衆多且在前面章節已經分別討論， 這裡不再一一敘述，僅舉下面例句：

That is **a cat**.
那是一隻貓。*注意句子之中的可數名詞（cat）必須指明單複數等限定詞。

You are **what you eat**.
你吃的食物決定你的健康。

The nurse delivering the baby is an illiterate **woman** from next village.
在接生的那位護士是隔壁村子來的一位不識字的婦女。

❖ 小試身手1

將下列句子翻譯成英文：

(1) 這就是我一直在尋找的書。

____

(2) Joanne是她到美國後結交的第一個朋友。

____

2. S +be + adj.

在此be動詞後面的形容詞是用來說明主詞的性質或狀態，常相當於中文的「很…」，例如「很高」、「很貴」。初學者時常會用中文直接翻譯而寫出*He very tall. 和*The car very expensive.的句子，漏掉一個句子不可少的主要動詞，在此是be動詞，應該要寫成He is very tall. 和The car is very expensive. 在英文中現在分詞和過去分詞也可以當作形容詞。

The test was extremely **difficult**.
這個考試難極了。

The window is **broken**.
這窗戶破了。

Sometimes doing housework can be **relaxing**.
有時候做家事能夠令人心情放鬆。

❖ 小試身手2

將下列句子翻譯成英文：
(1) 她的房間很大。

____

(2) 球賽結束後我們都累壞了。

____

3. S + be + Ving

此句型是進行式，時態由be動詞呈現。Ving也可以是動名詞，但此用法已經包括在本節第一個句型S + be + N當中具有名詞功能的結構，在此不再重複。

My grandfather is **writing** a book.
我的祖父在寫一本書。

She was **driving** on the highway when the typhoon hit.
颱風登陸時她正在高速公路上開車。

She has been **driving** for four hours.
她剛開了四小時的車。

They had been **waiting** for three days when the rescue team found them.
當救援隊找到他們時他們已經等了三天。

❖ 小試身手3

將下列句子翻譯成英文：
(1) 我們在吃晚餐。

____

(2) 她在一邊開車一邊講手機。

____

4. S + be + Vpp

此句型是被動語態，時態由be動詞呈現。在此要說明的是中文通常不用被動語態或省略「被」字。「我去燙頭髮」其實是「我去讓我的頭髮被燙」，但是沒有人會這樣說。「車子修好了」應該是「車子被修好了」，但是一般人會省略「被」字。Vpp也可以當作形容詞（如she is tired.），但此用法已經包括在本節第二個句型S + be + adj.，在此不再重複。

The walls of the temple are **covered** with gold foil.
這廟的牆壁都用金箔紙覆蓋。

The cargo was **shipped** to Argentina.
這批貨要運到阿根廷。

The missing girl has just been **found**.
那位失蹤的女孩被發現了。

The diamond ring had been **bought** by another person when he finally saved enough money to buy it.
當她終於存夠錢要賣那指鑽戒時，它已經被別人買走了。

The building will have been **finished** by the time you graduate.
到你畢業的時候這棟樓已經建造好了。

❖ 小試身手4

將下列句子翻譯成英文：
(1) 這棟建築物是一個很有名的建築師設計的。

____

(2) 這幅畫被掛在他們的客廳牆上。

____

5. S + be +to-V

此句型是未來式的其中一種，時態由be動詞呈現，可以用來表示未來正式的計畫或安排、正式的指示或通知、確定即將發生的事情（常見於新聞報導）、或表示某種先決條件的結果。to-V也可以是不定詞而且當作名詞使用，此用法已經包括在本節第一個句型S + be + N，在此不再重複。

At the camp students are **to be** taught how to survive in the wild.
在營會中學生會被教導如何在野外求生。

You are **to brief** the President tomorrow morning.
你明早要向總統做簡報。

If you are **to make** an impression on the audience, you must do something different.
如果你想讓觀眾對你留下印象，你必須做些不一樣的事。

❖ 小試身手5

將下列句子翻譯成英文：

(1) 你這週都不能看電視。

____

(2) 王子會來參加募款餐會。

____

6. S + be + 地方副詞

副詞當中只有少數特定副詞能出現在be動詞後面當作補語，例如home, here, there, out, up, in等，這些副詞大多與方向或位置有關，且大多也可以當其他詞類，如home, there, here 也可以當名詞，out, up, in 也可以介系詞。中文的「在」時常是動詞，例如「她在外面」，但在英文此句型的動詞是be動詞，必須區分清楚，以免遺漏 be 動詞。

A: Is Stuart **here**? B: No, he is **out**.
A： Stuart在這裡嗎？ B：沒有，他出去了。

❖ 小試身手6

將下列句子翻譯成英文：
(1) 我回來了。（剛進家門）

____

(2) Susanne 在嗎？（在電話中詢問）

____

7. S + be + PP（介系詞片語）

此句型是描述主詞的狀態，例如：

The letter is **on the coffee table**.
那封信在茶几上。

He is **at work**.
他現在在上班。

These flowers are **for the teacher**.
這些花是要給老師的。

They are **in love**.
他們在戀愛。

有些狀態除了介系詞片語以外，還可以用其它的結構，例如：
He is at work. = He is working.
Those children are in hunger. = Those children are hungry.

❖ 小試身手7

將下列句子翻譯成英文：
(1) 你的腳踏車在門口。

____

(2) 這個任務超過我的能力。

____

▶▶ 連綴動詞後面常出現的補語結構

連綴動詞後面常出現的補語結構如下表。由於be動詞在之前已經特別討論，這一部分的就只討論be動詞以外的連綴動詞，以免重複。這些句型後面都可以接副詞（單字、片語、或子句）來修飾動詞。

1. S + 連綴動詞 + N
2. S + 連綴動詞 + adj.
3. S + 連綴動詞 + to-V
4. S + 連綴動詞 + like + N （介系詞片語）
5. S + 連綴動詞 + that子句

1. S + 連綴動詞 + N

適用此句型的動詞不多，除了be動詞以外，常見的有become和remain。

The cause of his death remained **a mystery**.
他的死因一直是個謎。

He became **the conductor of the orchestra** three years later.
三年後他成為這個交響樂團的指揮。

❖ 小試身手8

將下列句子翻譯成英文：

(1) 他們離婚後仍維持是朋友。

____

(2) 她以後一定會成為一位偉大的小提琴家。

____

2. S + 連綴動詞 +adj.

適用此句型的動詞還有become, seem, look, taste, sound, smell, feel, remain, grow, get等。這裡的形容詞（adj.）也包含現在分詞（Ving）和過去分詞（Vpp），此二者都具有形容詞的性質。例如：

The noise grew **louder** as more and more people entered the auditorium.
隨著愈來愈多人進入禮堂，噪音愈來愈大聲。

The plan sounds **promising**.
這計畫聽起來滿有希望成功的。

❖ 小試身手9

將下列句子翻譯成英文：

(1) 我的鞋子弄濕了。

____

(2) 她感到疲倦。

____

3. S + 連綴動詞 +to-V

The rumor turned out **to be a false alarm**.
結果那謠言是空穴來風。

He seems **to lack interest in learning a new language**.
他似乎對學習新的語言興趣缺缺。

The accident seems **to have changed his attitude toward life**.
那次意外似乎改變了他對人生的態度。

適用此句型的動詞有seem, appear, prove, turn out, happen等。若是不定詞to-V的內容是過去式則要用to have + Vpp，例如上面第三句。

❖ 小試身手10

將下列句子翻譯成英文：

(1) 他們恰巧畢業於同一所大學。

____

(2) 他似乎在西班牙住過。

____

4. S + 連綴動詞 + like + N

His letter sounds **like a threat**.

他的信聽起來像在威脅。

The ten minutes seemed **like forever to me**.

那十分鐘對我而言好像永遠一樣。

適用此句型的動詞還有seem, look, taste, sound, smell, feel等。

❖ 小試身手11

將下列句子翻譯成英文：

(1) 他似乎是個好父親。

____

(2) 這塊岩石看起來像一隻鱷魚。

____

5. S + 連綴動詞 + that子句

It seems **that he is taking care of his father**.
看來似乎他在照顧他父親。

It appears **that she is a dominant mother**.
她似乎是個強勢的母親。

It happened **that there was a typhoon that day**.
那天剛好有颱風。

適用此句型的動詞還有happen, chance, seem, appear等。

❖ 小試身手12

將下列句子翻譯成英文：

(1) 剛巧他坐在她後面。

____

(2) 似乎沒有一個人可以解決這個問題。

____

▶▶ 不及物動詞後面常出現的文法結構

這些句型後面都可以接副詞（單字、片語、或子句）來修飾動詞。

1. S +不及物動詞
2. S +不及物動詞 + 副詞單字
3. S +不及物動詞 + prep. + N
4. S +不及物動詞 + to Vroot
5. S +不及物動詞 + V-ing
6. S +不及物動詞 + that子句

1. S + 不及物動詞

不及物動詞後面不需要接受詞，因此可以放在主詞後面組成一個句子，當然還可以再接副詞（單字、片語、或子句）來修飾動詞。

We **won**.
我們贏了。

He **coughed** deliberately to get their attention.
他故意咳嗽以引起他們的注意。

He **talked** with his father on the phone.
他在電話和他父親交談。

❖ 小試身手13

將下列句子翻譯成英文：

(1) 她慢慢地走。

____

(2) 他不抽菸。

____

2. S +不及物動詞+介副詞

Look **out**!

小心！

My car broke **down**.

我的車子拋錨了。

此句型是不及物動詞後面加上介副詞如around, about, away, off, over等以形成特定意義。例如break down（拋錨）、break out（爆發）、go away（走開）、pull over（靠邊停車）等。

❖ 小試身手14

將下列句子翻譯成英文：

(1) 她看看四周。

____

(2) 第二次世界大戰於1939年爆發。

____

3. S + 不及物動詞 + prep. + N

You can **rely on him** to help you.
你可以倚賴他來幫助你。

Aboriginals **account for 2 % of the population in Taiwan**.
原住民占台灣總人口的百分之二。

此句型的介系詞是指與不及物動詞連用而成習慣用語如 consist of, rely on, belong to等。

❖ 小試身手15

將下列句子翻譯成英文：
(1) 這個皮箱屬於林先生的。

____

(2) 這委員會由十個人組成。

____

4. S +不及物動詞 + to Vroot

Do we work **to live** or live **to work**?
我們是為了生活而工作還是為了工作而生活?

I turned around **to see** who was talking to me.
我轉身要看看是誰在對我說話。

在此不定詞當作副詞，表示目的。

❖ 小試身手16

將下列句子翻譯成英文：
(1) 她站起來和客人握手。

____

(2) 她蹲下來和她的兒子說話。

____

5. S +不及物動詞+ V-ing

They remained **sitting** in their seats.
他們仍舊坐在位子上。

The crowd stood **watching** as the ferry was sailing out to the sea.
群眾站立目送渡輪駛向大海。

此句型通常指同時做二個動作，第二個動作以V-ing呈現。

❖ 小試身手17

將下列句子翻譯成英文：
(1) 那個小男孩哭著跑去找他的媽媽。

____

(2) 那隻狗坐在那裏等它的主人。

____

6. S +不及物動詞+that子句

The students complained **that there were too many tests**.
學生們抱怨考試太多。

He boasted **that no one could beat him in the race**.
他吹噓說沒人能在賽跑場上擊敗他。

She worried **that she was not doing well enough**.
她擔心她做得不夠好。

適用此句型的動詞還有agree, worry, boast, complain, depend, grumble, insist, persist等，有時候that可以省略。

❖ 小試身手18

將下列句子翻譯成英文：

(1) 那個嫌犯堅稱他是清白無辜的

____

(2) 大部分的人同意麵包比愛情重要。

____

▶▶ 及物動詞後面常出現的結構

這些句型後面都可能出現修飾動詞的副詞單字、片語、或子句。

1. S + V + O
2. S + V + O + adv.
3. S + V + to-V
4. S + V + wh- +to-V
5. S + V + V-ing
6. S + V + that 子句
7. S + V + wh-子句
8. S + V + O + prep. + N
9. S + V + O + N
10. S + V + O + wh- + to-V
11. S + V + O + wh-子句
12. S + V + O + that 子句
13. S + V + O + C
14. S + V + O + as 補

15. S + V + O + V-ing
16. S + V + O + Vpp
17. S + V + O + to-V
18. S + V + O + V原形

1. S + V + O

Everyone needs **friends**.
每個人都需要朋友。

John got **his Ph. D. degree** in the US.
John在美國取得博士學位。

❖ 小試身手19

將下列句子翻譯成英文：
(1) 他看到桌上有一封信。

---

(2) 他正在院子洗車。

---

2. S + V + O + adv.

They called **off** the meeting.
他們取消這場會議。

We haven't worked **out** the problem.
我們尚未解決這個問題。

這裡的副詞是指在動詞片語中與動詞連用，可以放在受詞之前或之後的副詞。這類動詞片語數量有限，例如 rule out, pass on, jack up, hand in 等。

❖ 小試身手20

將下列句子翻譯成英文：

(1) 請馬上交你的報告。

____

(2) 請把胡椒粉傳給我。

____

3. S + V + to-V

They decided **to emigrate to Australia**.
他們決定要移民到澳洲。

I have always wanted **to be a writer**.
我一直都想當作家。

He refused **to relinquish his power**.
他拒絕放下他的權力。

They never forget **to pay the rent**.
他們從未忘記交房租。

有些動詞後面常接不定詞to-V當作受詞，例如attempt, want, expect, wish, decide, forget, promise, like, refuse, begin, try, mean, offer, plan, fear, pretend, stop等。

❖ 小試身手21

將下列句子翻譯成英文：
(1) 他試著把門推開（try）。

____

(2) 我忘記關電腦了。

____

4. S + V + wh- +to-V

You know **where to find me** when you change your mind.
如果你改變心意的話，你知道去哪裡找我。

Do you know **how to play trombone**?
你知道如何吹奏伸縮喇叭嗎？

The poor girl didn't know **whom to thank for the anonymous donation**.
當那位貧窮的女孩收到那筆匿名的捐款時，她不知該感謝誰。

在此句型中 wh- +to-V 是前面動詞的受詞，表示一件和某個行為、行動、或動作有關的事情，由 to後面的動詞表達，而且此動詞通常是將來要做或是不確定能否完成的事情。

❖ 小試身手22

將下列句子翻譯成英文：

(1) 我們還沒決定甚麼時後離開。

____

(2) 她在學習如何教殘障的小朋友。

____

5. S + V + V-ing

They suggested **postponing the game**.
他們建議延後比賽。

She forgot **seeing the man before**.
她忘記曾經見過這位男士。

The baby finally stopped **crying**.
那位小嬰孩終於停止哭泣。

有些及物動詞後面常接動名詞V-ing當作受詞，例如admit, avoid, consider, enjoy, escape, excuse, finish, give up, can't help, begin, mind, miss, practice, regret, can't stand, stop, suggest, forget等。注意有些動詞如

stop, forget, 和try後面可以接to-V或V-ing，但意義不同。比較下面句子：

The baby finally stopped crying.
那位小嬰孩終於停止哭泣。（停止某原本在做的動作）
We stopped to buy some food.
我們停下來買些食物。（停下來以開始另一個動作）

Christina forgot to tell her father the arrival time of her flight.
Christina忘記告訴父親她的班機到達時間。（因為忘記而未做）
She forgot seeing the man before.
她忘記曾經見過這位男士。（做過但忘記）

The prisoner tried to escape.
這犯人嘗試越獄。（嘗試做到某事）

A: I have trouble sleeping.
我很難入睡。
B: You may try drinking some hot milk before you go to bed
你可以試試看睡前喝一杯熱牛奶。（嘗試某方法以達到某個目的）

❖ 小試身手23

將下列句子翻譯成英文：
(1) 他每天都練習彈鋼琴。

____

(2) 你應該避免問到私人問題。

____

6. S + V + that 子句

She knew **that she would not win**.
她當時已經知道她不會贏。

I thought **he didn't like it**.
我以為他不喜歡它。

I didn't know **he is your brother**.
我不知道他是你的兄弟。

在此句型中that 子句是前面動詞的受詞，that可以省略。子句內容較複雜，牽涉到某個人事物（主詞）和某個行為（動詞）。注意that子句的時態受主要動詞影響，若主要動詞是過去式，而that子句是未來式，則that子句的未來式必須用助動詞will的過去式would，如例句的第一句。在第二句中，過去時間以為（thought）的事情內容也要用過去式（didn't），除非that子句的內容是不變的事實才可以用現在式，例如第三句。that子句當受詞的時候可以省略that，但是當主詞時則不行。

❖ 小試身手24

將下列句子翻譯成英文：
(1) 我們相信正義必定勝利。

____

(2) 我希望你可以多花時間陪你的孩子。

____

7. S + V + wh-/if子句

He doubted **whether you would keep your promise**.
他懷疑你是否會信守諾言。

The restaurant manager inquired **if you are satisfied with the food**.
這餐廳的經理詢問你是否滿意這裡的餐點。

在此句型中wh-子句是前面動詞的受詞，內容牽涉到關於某人事物（主詞）的某件事情（動詞）的不確定因素（疑問詞）。

❖ 小試身手25

將下列句子翻譯成英文：
(1) 我不相信他剛才所說的。

____

(2) 他思索是誰設計陷害他。

____

8. S + V + O + prep. + N（介系詞片語）

His illness prevented him **from attending my commencement**.
他的病使他無法參加我的畢業典禮。

The racial segregation policy in the country has deprived the colored people here **of their rights to work**.
這個國家的種族隔離政策剝奪了這裡有色人種的工作權。

此類句型的介系詞片語因動詞而定，是固定用法，例如accuse sb. of sth., deprive sb. of sth., prevent/prohibit sb. from sth, inquire sth. of sb., dedicate sth. to sth.等。

❖ 小試身手26

將下列句子翻譯成英文：

(1) 那家公司控告他詐欺。

____

(2) 他一生奉獻於環保。

____

9. S + V + O + N

He showed me **a silk scarf he bought at the flea market**.
他給我看一條他在跳蚤市場買的絲巾。

She sent him **a dear john letter**.
她寄給他一封分手信。

從句型9到12的動詞是授與動詞，也就是主詞將某事物或訊息傳遞給某人或物，依照順序是主詞-動詞-間接受詞-直接受詞。在動詞後的受詞是間接受詞，也就是接受的人（物）；接下來的是直接受詞，亦即被傳遞的事物或訊息，直接受詞根據其內容可能是(1)名詞單字加上前後修飾語（N）；(2)wh- + to-V；(3)wh-子句；(4) that子句，分別如句型9到12。授與動詞有give, buy, send, sell, borrow, lend, teach, show, owe, hand, pass, tell, write, send, offer, pay等等。

❖ 小試身手27

將下列句子翻譯成英文：

(1) 她送給她女兒一個有捲髮的娃娃。

____

(2) 他買給他兒子一輛拉風的跑車。

____

10. S + V + O + wh- + to-V

No one has ever taught him **how to be a father**.
從來沒有人教他如何當一個父親。

The old man taught the boy **how to fix the bicycle**.
這位老先生教這個小男孩如何修理腳踏車。

❖ 小試身手28

將下列句子翻譯成英文：

(1) 她告訴我哪裡可以買到好茶。

____

(2) 那隻母獅子在教小獅子如何打獵。

____

11. S + V + O + wh-子句

The survivors of the hijacking told the police **what happened on the airplane**.
劫機事件的生還者告訴警察飛機上發生的事情。

The murderer showed the police **where he buried the body of the victim**.
謀殺犯告訴警察他埋葬死者遺體的地點。

❖ 小試身手29

將下列句子翻譯成英文：

(1) 他沒有告訴我們他何時會到達。

____

(2) 他已經把他所有的都給了他的兒子。（whatever）

____

12. S + V + O + that 子句

Susan told the author of the book **that he had changed her life**.
Susan 告訴那本書的作者說他已經改變了她的一生。

The company informed him **that he was hired**.
那家公司通知他說他被錄用了。

❖ 小試身手30

將下列句子翻譯成英文：

(1) 他答應他的妻子說他會回來過他們的結婚周年日。

____

(2) 醫生建議她說她應該在家休息。

____

13. S + V + O + 補語（adj. or N）

The noise made him **fidgety**.
那噪音使他煩躁。

We consider them **formidable rivals**.
我們視他們為可敬的對手。

She cut her fingernails really **short** to play the piano.
她把指甲剪得很短以彈鋼琴。

句型13到16用來表示(1)主詞對受詞產生影響，使受詞產生變化；(2)主詞對受詞的察覺或觀感。受詞補語的功能是說明主詞對受詞造成的變化或觀感。本句型13的補語僅限於形容詞（包含分詞）或名詞，常用的動詞有find, make, keep, leave, render, appoint, call, name, render, consider, think, feel, declare, dye等。有時候只強調受詞的狀態，所以這類動詞常用被動語態。

❖ 小試身手31

將下列句子翻譯成英文：

(1) 她總是保持她的房間整齊清潔。

____

(2) 我們叫我們的狗「王子」。

____

14. S + V + O + as 補

The elephants accepted the elephant orphan **as a member of their herd**.
這些大象接納這隻象孤兒成為他們象群的一員。

The members of the aboriginal tribe regard their chief **as a spiritual leader**.
這個原住民部落的成員視他們的酋長為精神領袖。

這類動詞有describe, accept, acknowledge, choose, know, interpret, recognize, regard, take, treat, view等。出現在as後面的補語可以是名詞或形容詞（包含分詞），但以名詞居多。

❖ 小試身手32

將下列句子翻譯成英文：

(1) Mike選擇Jake為他的搭檔夥伴。

____

(2) 他們把林書豪（Jeremy Lin）形容成一位英雄。

____

15. S + V+ O + V-ing

She saw her son **crossing the road** when she stopped at the red light.
她停下來等紅燈時看見她兒子正在過馬路。

He found the drug dealer **trading in a dark alley**.
他發現那個毒販在一個暗巷進行交易。

She remembered her father **taking her to the theme park**.
她記得她的父親帶她去那個主題樂園。

這類句型通常用來表示(1)主詞察覺或允許受詞的狀態或受詞正在進行的動作。常見的動詞有see, hear, feel, find, watch, observe, perceive, notice, keep, leave等；(2) Ving是動名詞，表示前面受詞過去或尚未做的一件事情，常見的動詞有like, hate, object to, imagine, remember, understand，有時前面受詞可以用所有格， 例如I don’t like his fighting with his mother.。

❖ 小試身手33

將下列句子翻譯成英文：

1. 那些學生觀察毛毛蟲在葉子上爬行。

____

2. 我無法想像我爸爸跳華爾滋。

____

16. S + V + O + Vpp

She had her hair **permed**.
她燙頭髮了。

We hadn't gotten anything **done** after one hour.
過了一小時我們還沒做好任何事情。

在此過去分詞（Vpp）是受詞補語，表示被動，也就是受詞被動地接受某個動作，常見的動詞有feel, find, hear, make, see, want, wish等。此類句型在中文多半以主動語態表示。

❖ 小試身手34

將下列句子翻譯成英文：

(1) 他昨天去修車（讓別人修他的車）。

____

(2) 他聽到有人叫他的名字（被動）。

---

17. S + V+ O + to-V

He warned me **not to trust Nicola**.
他警告我不要信任Nicola.

They consider him **(to be) the savior of the declining economy**.
他們把他視為目前衰退經濟的救星。

若主事者不重要，這類句型常用被動語態，例如：

He is considered (to be) the savior of the declining economy.
他被視為目前衰退經濟的救星。（consider後面的to be常常被省略）

She is believed to be innocent.
大家都相信她是無辜的。（中文較常用主動語態。）

這類句型通常用來表示(1)主詞驅使、允許、或期盼受詞採取某個行動（如require, allow, tell, want, ask, urge, persuade, like, expect等動詞），或(2)主詞對受詞狀態的察覺或觀感（如believe, consider, declare, prove等動詞），to-V是受詞補語，說明受詞的行動或狀態。(2)的用法常用被動。

❖ 小試身手35

將下列句子翻譯成英文：

(1) 他請求他們不要留下他獨自一人。

____

(2) 醫生建議他戒菸。（advise）

____

18. S + V+ O + V原形

They made the little boy **lie to the teacher**.
他們勉強這個小男孩對老師撒謊。

The teacher had the class **read after her**.
這位老師要全班跟這她朗讀。

這類句型的動詞通常是使役動詞make, let, have, help，或感官動詞see, hear等特定動詞, 這些動詞後面的不定詞受詞補語必須省略to。

❖ 小試身手36

將下列句子翻譯成英文：
(1) 她從不讓她的貓出去。

____

(2) 我們時常聽到我們的鄰居吵架。

____

chapter 8

助動詞和疑問句

助動詞是英文中很重要的一種詞類，它們的主要功能有二個：(1)說明一個句子的時態（過去式、現在式、未來式等）、情狀（完成式、進行式等）、情態（如情態助動詞will, can, may等）、語態（主動或被動）、和強調（在動詞前面加do, does, did等表示強調）；(2)形成疑問句和否定句。

助動詞的種類

在此依照用法把英文助動詞分為四類來討論，分別是(1) do/does/ did (2)情態助動詞（modal verbs） (3) have/has/had (4) be動詞。

1. do/does/did

前面提到英文疑問句和否定句的形成必須要有助動詞的存在，然而有些現在簡單式和過去簡單式的直述句並沒有助動詞，例如：

He lives in Taipei.
他住在台北。

She visited her grandparents yesterday.
她昨天去探望她的祖父母。

以上二句只需要主要動詞來顯示時態和語意就已足夠，若要改成疑問句或否定句的話，必須借助一個外加的助動詞，也就是do（現在式非第三人稱單數）、does（現在式第三人稱單數）、和did（過去式）。由於此種助動詞已經顯示時態、單複數、和人稱，因此句子的主要動詞就用原形，不須重複標示，例如：

Does he **live** in Taipei?
他住在台北嗎？

Where **does** he **live**?
他住在哪裡？

Who(m) **did** she **visit** yesterday?
她昨天去探望誰？

When **did** she **visit** her grandparents?
她甚麼時候去探望她的祖父母？

She **didn't visit** her grandparents yesterday.
她昨天沒有去探望她的祖父母。

這種外加的助動詞通常只有出現在疑問句和否定句，但也可放在直述句用來表示強調，類似中文的「確實、的確」，例如：

He **does** live in Taipei.
他確實住在台北。

She **did** visit her grandparents yesterday.
她昨天的確有去探望她的祖父母。

2. 情態助動詞（modal verbs）

情態助動詞是用來說明主詞做一個動作的能力（可能性）、必要性、或義務性等，被它們說明的動詞必須用原形。在直述句中，情態助動詞後面接原形動詞（或be動詞）。在否定句中，情態助動詞後面接not再接原形動詞（或be動詞）。在疑問句中，情態助動詞出現在主詞之前，英文的情態助動詞如下表：

may	給予准許、徵求准許、推測未來及現在的可能性。（*注意：推測過去的事情要用 may have + Vpp）	May I help you? It may rain tomorrow.
might	未來及現在可能性（此用法基本上和may一樣，但若是關於不存在的事情則必須用might）。	He might call later.
must	命令（正式法律或規則)、禁止、推測未來及現在的可能性。（*注意：推測過去的事情要用 must have + Vpp）	You must not keep a dog. You must be tired.
should	勸戒、建議、推測未來及現在的可能性。（*注意： 推測過去的事情要用 should have + Vpp）	You should listen to her. The key should be here.
will	未來的確定性及可能性、提出要求。	He will be back soon.
would	可能性、提出要求。	I would accept it.
can	能力、徵求准許、提出要求、可能性。	I can't swim. He can be right.
could	准許（過去式）、能力（過去式）、可能性、提出要求、徵求准許。（*注意： 表示過去事情的可能性要用could have + Vpp）	We could go to the beach tomorrow. You could have been hurt. She couldn't have seen him.

還有一些情態助動詞是片語的形式，如ought to和 had better，他們後面都必須接原形動詞，且不常用在否定句和疑問句。另外have to雖然被歸類為助動詞，後面也接原形，但是用法和一般動詞很像，也就是說have要標示主詞的人稱、單複數、和整句的時態，疑問句和否定句也必須用do/does/did。它的意義時常和must混淆。雖然二者都表示「必須」，在某些情況下可以混用，但是have to指的是受到外在因素如規則或當時情勢所影響而造成的必須動作，而must指的是說話者個人的意見或感受。例如：

It is a good job. You **must** accept it.
這是個好工作，你一定要接受。（說話者個人的推薦）

He **has to** work on Saturday.
他星期六要上班。（因公司規定而不得不上班）

3. have/has/had

這三個助動詞專用在完成式和完成進行式，因此一律和動詞的過去分詞一起使用。has用在現在完成式主詞第三人稱單數的句子，have用在其他現在完成式主詞非第三人稱單數的句子，had用在過去完成式，例如：
You **have** been playing video games for seven hours.
你已經玩電玩七小時了。

He **has** read the book twice.
這本書他看過二次了。

在否定句中這三個助動詞後面接not再接動詞過去分詞，在疑問句中這三個助動詞出現在主詞前面，例如：

I **have** not called him back.
我還沒有回他電話。

How many of the books **have** you read?
這些書你念過幾本？

4. be動詞

在一個句子中be動詞的功能有三種，可表示連綴動詞（連接主詞補語）、進行式、以及被動語態，例如：

What he said **is** true.
他說的是真的。

You **are** my best friend.
你是我最好的朋友。

She **is** playing the piano.
她在彈鋼琴。

They **were** watching TV when I called.
我打電話去的時候他們在看電視。

The burglar **was** caught by the police three days later.
三天後闖空門的竊賊被警察抓到了。

由此可見，be動詞後面可能出現不同的文法結構，但是這類句子的否定句都同樣在be動詞後面加not，疑問句也同樣把be動詞放在主詞之前，例如：

This **is** not my umbrella.
這不是我的傘。

Is she playing the piano?
她在彈鋼琴嗎?

各種助動詞在句子中的排列順序

一個句子中可能出現不只一個助動詞，形成多重助動詞的現象，英文的直述句中各類助動詞的排列順序如下：

(modal) – (have) – (be) - V

S	modal	have	be	V	
He	will	have	been	working	in the company for 20 years.
He		has	been	working	in the company for 20 years.
He		has		worked	in the company for 20 years.
He			is	working	in the company.
He	will		be	working	in the company.

疑問句的語序

英文的疑問句和否定句的形成必須用到助動詞，接下來看助動詞在疑問句中與其他部分的相關順序排列，由於否定句的形成較簡單，僅在此章結尾略為提到。英文的疑問句分為是非問句和訊息問句二種，都需要用到助動詞，他們和中文的問句結構不同，如下表：

	是非問句	訊息問句
中文	……嗎？是不是？要不要？	在主詞後面加上疑問詞
英文	be動詞或助動詞置於句子開頭	Wh- + be動詞 + S（…） Wh- + 助動詞 + S + V 例外： who

是非問句

英文的直述句和中文一樣是主詞-動詞-受詞的順序，但是疑問句和中文非常不一樣。一般而言，英文的是非問句著重句首，若一個句子的主要動詞是be動詞、完成式助動詞（has, have, had）、或情態助動詞（will, should, can等等），則其是非問句的結構是把be動詞或助動詞置於句子開頭，例如：

Are you going to the meeting?
你要去開會嗎？

Have you ever been to Austria?
你有去過奧地利嗎？

Can you give me a discount?
可以算便宜一點嗎？

若是一個句子的主要動詞是普通動詞，也就是說該句中沒有be動詞或助動詞，則其是非問句要根據時態、主詞的單複數與人稱在句首使用適當的助動詞do, does, 或did，且句子中主要的普通動詞必須使用原形，例如：

Do you **speak** German?
你會說德語嗎？

Does the car **run** well when it is cold?
這輛車在天氣冷的時候運作正常嗎？

訊息問句

訊息問句是指以疑問詞開頭的問句，中文的說法通常是在主詞後面加上疑問詞，如「他甚麼時候會到？」「這東西怎麼用？」「你在哪裡上班？」，英文和中文很不一樣，基本上可分為二種，一種是疑問詞後面接be動詞，一種是疑問詞後面接助動詞，先看第一種：

1. Wh- + be動詞 + S

這類問句都是在主詞後面使用be動詞，再接主詞，主詞之後會因時態或語態不同而可能接不同結構，分為三種：

(1) Wh- + be動詞 + S + (…)

Where is the entrance of the stadium?
Wh- be S
這運動場的入口在哪理?

How many passengers are there in the flight?
Wh- be S PP(地點副詞)

這班機上有多少乘客?(注意疑問詞的內容必須加上單位,如本句問的是多少「乘客」,必須把passenger加進how many後面。)

以上句子沒有用到動詞,所以到主詞就結束,視句意需要加上介系詞片語(PP)作為副詞。

(2) Wh- + be動詞 + S + Ving + (…)

What are they doing here?
Wh- be S Ving(進行式)
他們在這裡做甚麼?

Where were they shopping?
Wh- be S Ving(進行式)
他們當時在哪裡逛街?

以上句子時態是進行式,主詞之後接現在分詞(Ving),視句意需要可加上介系詞片語(PP)作為副詞。

(3) Wh- + be動詞 + S + Vpp + （ … ）

When **was** the body of the hostage **found**?
Wh- be S Vpp（被動句）
那位人質的遺體是何時（被）發現的？

How **was** the drug **shipped** overseas?
Wh- be S Vpp Adv.（被動句）
那些毒品如何（被）海運到國外？

以上句子是被動句，主詞之後接過去分詞（Vpp），視句意需要加上介系詞片語（PP）作為副詞。

2. wh- + 助動詞 + S + V

第二種訊息問句是疑問詞後面接助動詞，這裡的助動詞又分三種：(1) do, does, did等表示時態的助動詞；(2) will, can, may等情態助動詞；(3) has, have, had等表示完成式的助動詞。(1)和(2)主詞後面的動詞要用原形（Vroot），第(3)則要用過去分詞。

(1) wh- + do/does/did + S + Vroot

What **did** he **say** to you?
Wh- 助 S Vroot PP
他跟你說了甚麼？

Where **does** he **live**?
Wh- 助 S Vroot
他住在哪裡？

(2) wh- +情態助動詞 + S + Vroot

What **should** I **say**?
Wh- 助 S Vroot
我該說甚麼？

How long **can** I **use** the Internet?
Wh- 助 S Vroot O
我可以使用網路多久？

(3) wh- +have/has/had + S + Vpp

How long **have** you **been** waiting here?
Wh- 助 S Vpp
你在這裡等多久了？

Which tourist spots **have** you **visited** in Taipei?
Wh- 助 S Vpp PP
你在台北逛過哪些景點？

否定句的形成

英文句子的否定句絕大多數需要助動詞，它的形成基本是在助動詞後面接not，若句子中不只一個助動詞，則not要放在第一個助動詞之後，例如：

They did not win the game.
他們沒有贏那場比賽。

Your luggage couldn't have been sent to Hong Kong.
你的行李不可能送到香港（過去式）。

Why haven't you changed your clothes?
你為甚麼還沒換衣服？

另外有些否定是出現在主詞或受詞補語的位置，則直接用not，不須助動詞，例如：

Not everything that can be counted counts.
並非每一件算得出來的事情都是有意義的。——愛因斯坦

He told his son not to make noise.
他叫他的兒子不要發出聲音。

綜合測驗

將下列句子翻譯成英文：

1. 他不住在台北。

____

2. 她昨天去探望她的祖父母嗎？

____

3. 這位想必是你的夫人。

____

4. 你不能進去他的辦公室。

____

5. 我在哪裡可以找到公用電話？

____

6. 你要不要和我們一起來？

____

7. 你們到達的時候他已經等多久了？

____

8. 那位逃犯的照片被電視新聞公布。

____

9. 你打電話去的時候他們在做甚麼？

____

10. 當時犯罪現場有沒有目擊者？

____

11. 他駕照考過了嗎？

____

12. 你今天早上在哪裡？

____

13. 這張照片是何時拍的？

____

14. 有多少人質已經被釋放？

____

15. 他要如何達到他的目標？

____

16. 你剛剛為何不說實話？

____

chapter 9

中文和英文句子的比較

1.

英文的句子一定要有主詞和動詞，主詞是整句話的主題，動詞則帶出對主詞的論述，即所謂述語；但是，中文句子的述語有時候並沒有一個明確的動詞，如「今天很熱。」和「今天星期五。」，這類句子對應到英文通常要用到be動詞，如It is hot today. 和Today is Friday.，許多初學者會漏掉be動詞，因而造成學生學習be動詞的困難。一般而言，這類述語多半是對主詞的靜態描述，也就是主詞的性質、位置、狀態等，

另外，中文和英文的述語詞類的歸類也不盡相同，如「她在廚房」的「在」被歸類為動詞，但對應到英文的in則是介系詞，整句的英文She is in the kitchen. 中的動詞其實是is，也是造成be動詞的學習困難。但是，中文「她在煮飯。」的動詞則是「在煮飯」，符合英文的進行式動詞部分be cooking，因此，be動詞對中文學生是比較困難的部分。

2.

英文句子中的詞序和中文不一樣。雖然中英文基本上都是主詞＋動詞＋受詞的順序，不像有些語言的主詞在句尾等較大差異，但中英文的詞序還是有許多不同，在此舉一個最常見的例子：中文直述句一般把時間副詞、地點副詞、和方式副詞放在主要動詞前面，但是英文則把這三者都放在主要動詞之後，且順序和中文相反，先是方式，再接地點，時間最後。例如下面句子：

中文：主詞 + 時間副詞 + 地點副詞 + 方式副詞 + 動詞 +（受詞）
他昨晚在他老闆的生日派對上意外遇見他的大學室友。

英文：主詞 + 動詞 +（受詞）+方式副詞 + 地點副詞 + 時間副詞
He saw his roommate in college unexpectedly at his boss' birthday party last night.

另外，中文的詞序比較不嚴格，同樣的意思可以用不同的詞序表達，如下面每組的二句意義是一樣的：

他昨晚睡沙發。
他昨晚在沙發上睡。

他關門關得很用力。
他很用力地把門關上。

由此可見，按照中文的詞序來譯寫英文是大錯特錯，很容易寫出中式英文，因此，熟悉英文的句子結構用以表達適切的中文意義是非常重要的!

3.

中文的名詞只有前位修飾語，英文則有前位修飾語和後位修飾語。中文的形容詞絕大多數出現在名詞前面，無論長度多長，例如多年前有個電視廣告的台詞是「鼻子尖尖、鬍子翹翹，手裡拿著釣竿的波爾先生」，似乎刻意在「的」之前用長串的形容詞以引人注意，達到廣告效果。英文則只有單字可以放在名詞單字前面當前位修飾語，片語和子句則必須放在名詞後面，形成後位修飾語。如下所示：

中文：前位修飾語 （單字、片語、子句） +「的」+ 名詞單字
（你有沒有看到） 我昨天買 的 黑（的）襪子？

英文：前位修飾語（單字） + 名詞單字+ 後位修飾語（片語或子句）
(Have you seen)the black socks I bought yesterday?

4.

中文的動詞表達的意義時常對應到英文的名詞或介系詞。例如：

完全**停止**：come to a complete **stop**
中風：have a **stroke**
罷工：have a **strike**
胃痛：have a **stomachache**
她很**愛貓**。She is **a cat person**.
電腦還**開**著。The microphone was still **on**.
我**學**得很**快**。I am **a fast learner**.

5.

中文的被動語態時常省略，英文則不然。在中文的被動句子中，「被」字時常被省略不說，例如「功課做好了。」和「衣服洗好了。」，像「我去修車。」分不出來是自己修車還是把車子牽去給人修理。英文則有被動語態句型S + be + Vpp，因此區分得很清楚。例如：

Approximately one third of our life time is spent on sleeping.
我們一生中大約三分之一的時間都花在睡眠。（省略「被」字）

She is having her hair permed.
她在燙頭髮。（不會說「她在讓她的頭髮被燙」）

▶▶ 總複習測驗

I. 重組

1. he/ goes to the movie / often/ on weekends 他時常在週末去看電影。

____

2. not / well/ I'm/ feeling 我感覺身體不舒服。

____

3. a letter/ the mayor/ he/ wrote/ to 他寫了一封信給市長。

____

4. sounds/ good/ your plan 你的計劃聽起來不錯。

____

5. enjoys/ in a KTV/ singing/ Barbara Barbara喜歡在 KTV 唱歌。

____

6. she/ might like/ that/ her mother/ the brace/ thought
她想她媽媽或許會喜歡那條手鐲。

____

7. we/ him/ dancing alone/ in the room/ saw 我看見他獨自在房間跳舞。

____

8. Nancy/ had/ permed/ yesterday/ her hair Nancy昨天去燙頭髮。

____

9. I / to/ work out/ make it a rule/ twice a week 我固定每週健身兩次。

____

10. showed/ he/ his son/ tie shoelaces/ how to
他教他兒子如何綁鞋帶。

____

11. told/ me/ he/ he/ where/ the money/ hid　他告訴我他把錢藏在那裡。

____

12. to/ your house/ be completely redecorated/ needs
你的房子需要徹底重新裝修。

____

13. with unknown reason/ persistent cough/ can be/ for cancer/ a sign
不明原因的久咳有可能是癌症的徵兆。

____

____

14. the policy/ offer/ is intended to/ children/ equal access to higher education/ from low-income families
這項政策的用意是要提供低收入家庭的小孩平等的高等教育管道。

____

____

15. the social and economic factors/ investigates/ existing in the past decades/ that have contributed to/ this article/ the unprecedented low birth rate.
這篇文章探討過去幾十年來造成現今史無前例低生育率的社會和經濟因素。

____

____

II. 將下列句子翻譯成英文：

1. 有八個乘客在這場意外中受傷。

____

2. 你所需要做的事就只是坐在那裡，甚麼話都不用說。

____

3. 早起對你而言是不可能的。

____

4. 最重要的是要準時到餐廳。

____

5. 我不曉得要說甚麼。

____

6. 這本書教導人如何成為一個成功的銷售員。

____

7. 他們準備了許多要送給窮人的聖誕禮物。

____

8. 喜歡狗的人認為狗既友善而且忠心。

____

9. 規律的運動有益健康。

____

10. 這是我的一位學生設計的新娘禮服。

____

11. 小朋友對那個會跳霹靂舞的機器人很著迷。

12. 我找不到我昨天買的項鍊。

13. 你昨天在電梯遇到的推銷員在你辦公室等你。

14. 他所需要的是你的支持。

15. 她在美國選了一所很少台灣學生的學校。

16. 未來人們很可能會遭受因使用行動電話而造成的健康問題。

17. 你有沒有朋友可以幫助你？

18. 三隻小豬的童話故事是有關於三隻小豬如何用不同的建材蓋他們的房子以保護自己不受到大野狼的攻擊。

19. 我需要一些繩子來綁這些舊報紙。

20. 如果你準備周全，就沒什麼好擔心的了。

21. 我們公司計畫在新加坡設立分公司。

22. 他曾經因為財務問題而考慮休學。

23. 警方在命案發生的房子地下室發現一個腳印。

24. 汽車所造成的污染已經成為重大的問題。

25. 莫拉克颱風於2009年侵襲台灣，破壞了台灣的觀光業。

26. 他父親是在英格蘭的一個小鎮長大的。

27. 他把他的眼鏡摘下來。

28. 他說他很難適應大學生活。

29. 這位技工示範這部機器如何運作。

30. 她練鋼琴時通常會開空調。

31. 他強迫他弟弟說謊。

32. 許多人希望未來機器人可以替他們做家事。

____

33. 這些學生當中很少人有興趣閱讀有關他們自己文化的書籍。

____

34. 最近他為他75歲的父親買了一間有電梯的公寓。

____

35. 我爸爸通常都很早起床。

____

36. 他過去曾在非洲住了十一年。

____

37. 這型機器人會端飲料給你。

____

38. 這條項鍊是我去日本玩的時候買的。

____

39. 我爸爸穿著超人的戲服看起來很滑稽。

____

40. 吃太多巧克力會造成健康問題。

____

41. 這型機器人會幫你的小孩練習打球。

____

42. 她喜歡那個捲髮又會招手的娃娃。

____

43. 跨年晚會後我們看到廣場散佈著許多垃圾。

____

44. 今天早晨一名街友被發現死在台北一座公園的長椅子上。

____

45. 冰箱裡沒東西可以煮。

____

46. 我知道我以後不會成為一名律師。

____

47. 我猜想誰會戴這麼奇怪的帽子。

____

48. 我吃了藥以後逐漸開始想睡。

____

49. 他在這趟旅途中所遭遇的事情成為他後來新書的靈感來源。

____

50. 我們到達醫院時才發現他已經出院了。

____

解 答

第一章　關於英文句子的基本概念

❖ 小試身手1

(3) I do. I 是主詞，do是動詞。

(5) Stand up. 命令句的主詞是you，一般都省略而以原形動詞為句首。

❖ 小試身手2

找出下列句子的主詞：

(1) Doing housework could be relaxing.

(2) The man sitting in the corner stood up and took out a gun.

(3) That he was a medical student made him popular among the girls.

❖ 小試身手3

找出下列句子的主要動詞：

(1) Doing housework could be relaxing.

(2) The man sitting in the corner stood up and took out a gun.

(3) That he was a medical student made him popular among the girls.

❖ 小試身手4

找出下列句子中的補語：

(1) He looked tired.

(2) Joe is the best player on our school team.

(3) The news made us excited.

第二章　名詞單字的修飾語

❖ 小試身手1

挑出下列句子錯誤並改正：

(1) dog要改為dogs

(2) meaning前面要加 the

(3) movie 要加a或the

❖ 小試身手2

將下列片語翻譯成英文：

(1) a boring day

(2) excited crowd

❖ 小試身手3

將下列片語翻譯成英文：

(1) the picture on the wall

(2) the girl with long hair

(3) the key to my room

(4) I wish I had more friends like you.（★like除了當動詞表示「喜歡」，

也可以當介系詞表示「相像、相似」，在此句like you是一個介系詞片語，形容前面的名詞friend。）

❖ 小試身手4

將下列片語翻譯成英文：

(1) You would need something to eat on the way.

(2) I've got lots of dishes to do.

❖ 小試身手5

將下列片語翻譯成英文：

(1) the boy sitting behind your brother

(2) the old lady walking across the road

❖ 小試身手6

將下列片語翻譯成英文

(1) people rescued from Titanic

(2) people selected as jury

❖ 小試身手7

將下列句子翻成英文：

(1) the most expensive dress that she has ever bought

(2) The car he is going to sell you has some safety problems.

❖ 綜合練習

翻譯填充

1. the cake on the table
2. the highest building in the world

3. a book about war and love
4. the best movie (that) you have ever seen
5. someone smart
6. the woman who is speaking to Zoe
7. something interesting
8. the most expensive car (that) he has ever owned
9. the hospital where he was born
10. The man (who is) talking on the cellphone

第三章　具有名詞功能的結構

❖ 小試身手1

Jogging everyday

❖ 小試身手2

to pay his rent on time

❖ 小試身手3

for you to study hard

❖ 小試身手4

what to say

❖ 小試身手5

(that) they had moved to Singapore（比過去更早發生的事情用過去完成式）

❖ 小試身手6

if I would come home for dinner

❖ 小試身手7

how old she is

❖ 小試身手8

whatever he says

❖ 小試身手9

the hope that their son might be alive.

❖ 綜合測驗

翻譯填充：

1. (that) he didn't like his job
2. where he found the wallet
3. why they broke up
4. buying a new computer
5. To know, to do
6. speaking in front of people
7. to be honest
8. how to set up a website
9. Learning English
10. where I can adopt a dog
11. helping me (out)
12. for a tour guide to be punctual

13. what to do, where to go
14. if her coworker had left the office
15. whomever you like
16. how their cat traveled 200 miles to find its way home

第四章　英文句子的解說員——形容詞和副詞

❖ 小試身手1

將下列句子翻譯成英文：

(1) We were shocked to know his resignation

(2) She was reluctant to move to New York with her husband.

❖ 小試身手 2

They were jealous of his success.

❖ 小試身手3

將下列句子翻譯成英文：

(1) It is interesting that the cat and the bird play and sleep together every day.

(2) I was curious if the radio still worked.

❖ 小試身手 4

將下列片語或句子翻譯成英文：

(1) the trip tomorrow

(2) He has never seen a polar bear.

(3) He usually eat sandwich for breakfast.

❖ 小試身手 5

將下面句子翻譯成英文：

(1) She has hardly eaten anything after knowing the bad news.

(2) He lived in Seattle for ten years.

❖ 小試身手6

將下面句子翻譯成英文

(1) Opened in 1990, the theme park draws about 100,000 visitors to the city.

(2) Educated in England, he speaks English with a British accent.

❖ 小試身手7

將下面句子翻譯成英文

He likes to sleep with the window opened.

第五章　英文句子的五大句型

❖ 小試身手1

Jack walks to work every day.

❖ 小試身手2

The doll looks gorgeous.

❖ 小試身手3

I don't know how to make Thai food.

❖ 小試身手4

They elected him their leader.

❖ 小試身手5

He gave me the key.

❖ 綜合測驗

I. 找出下列句子中的受詞：

(1) Do you know her name?（動詞know的受詞）

(2) What's the meaning of life?（介系詞of的受詞）

(3) I'm looking forward to seeing you.（動詞片語look forward to的受詞）

II. 將下列句子各結構標識出來：

(1) She is not my student.
S V SC

(2) An ostrich cannot fly.
S V

(3) I didn't buy her anything.
S V IO DO

(4) The teacher wanted me to rewrite the essay.
S V O OC

(5) I heard someone screaming.
S V O OC

(6) Roses are red.
S V SC

(7) Young people enjoy bungee-jumping.
S V O

(8) The sun has risen.
S V

(9) He gave me a suggestion.
S V IO DO

(10) The loser would not face the reality.
S V O

第六章　英文的時間觀念——動詞時態與情狀

根據括號裡的動詞填入適當的時態：

1. are going to see, have seen, did you see
2. Has he found
3. is raining, has been raining, is it going to stop, would be
4. won't be
5. am trying
6. am coming
7. has been taking care of
8. are you going to do (are you doing), I haven't decided
9. got, did she study
10. Are you working (Are you going to work)
11. knew, was lying
12. had always wanted
13. did, was she doing
14. are being unreasonable

15. had been watching
16. am going to bed
17. will be taught
18. have ever had
19. is being cleaned
20. Have you seen

第七章　動詞的種類與搭配句型

❖ 小試身手1

將下列句子翻譯成英文：

(1) This is the book (that) I have been looking for.

(2) Joanne is the first friend she made after she came to the US.

❖ 小試身手2

將下列句子翻譯成英文：

(1) Her room is very big.

(2) We were exhausted after the game.

❖ 小試身手3

(1) We are having dinner.

(2) She is driving and talking on the cellphone.

❖ 小試身手4

將下列句子翻譯成英文：

(1) This building is designed by a famous architect.

(2) The picture is hung on the wall of their living room.

❖ 小試身手5

將下列句子翻譯成英文：

(1) You are not to watch TV this week.

(2) The prince is to attend the fundraising party.

❖ 小試身手6

將下列句子翻譯成英文：

(1) I'm home.

(2) Is Susanne in?

❖ 小試身手7

將下列句子翻譯成英文：

(1) Your bike is at the door.

(2) This task is beyond my ability.

❖ 小試身手8

將下列句子翻譯成英文：

(1) They remain friends after divorce.

(2) She will become a great violinist some day.

❖ 小試身手9

將下列句子翻譯成英文：

(1) My shoes are wet.

(2) She is tired.

❖ 小試身手10

將下列句子翻譯成英文：

(1) They happened to graduate from the same college.

(2) He seems to have once lived in Spain.

❖ 小試身手11

將下列句子翻譯成英文：

(1) He seems like a good father.

(2) This rock looks like a crocodile.

❖ 小試身手12

將下列句子翻譯成英文：

(1) It happened that he was sitting behind her.

(2) It seems that no one is able to solve the problem.

❖ 小試身手13

將下列句子翻譯成英文：

(1) She walked slowly.

(2) He doesn't smoke.

❖ 小試身手14

將下列句子翻譯成英文：

(1) She looked around.

(2) World War One broke out in 1939.

❖ 小試身手15

將下列句子翻譯成英文：

(1) This suitcase belongs to Mr. Lin.

(2) The committee consists of ten persons.

❖ 小試身手16

將下列句子翻譯成英文：

(1) She stood up to shake hands with the guests.

(2) She squatted down to talk to her son.

❖ 小試身手17

將下列句子翻譯成英文：

(1) The boy cried running to his mother.

(2) The dog sat waiting for its master.

❖ 小試身手18

將下列句子翻譯成英文：

(1) The suspect insisted that he was innocent.

(2) Most people agree that bread is more important than love.

❖ 小試身手19

將下列句子翻譯成英文：

(1) He saw a letter on the desk.

(2) He is washing the car in the yard.

❖ 小試身手20

將下列句子翻譯成英文：

(1) Please turn in your paper right now.

(2) Please pass the pepper on to me.

❖ 小試身手21

將下列句子翻譯成英文：

(1) He tried to push the door open.

(2) I forgot to turn off the computer.

❖ 小試身手22

將下列句子翻譯成英文：

(1) We haven't decided when to leave.

(2) She is learning how to teach disabled children.

❖ 小試身手23

將下列句子翻譯成英文：

(1) He practices playing the piano every day.

(2) You should avoid asking personal questions.

❖ 小試身手24

將下列句子翻譯成英文：

(1) We believe (that) justice will prevail.

(2) I hope (that) you spend more time with the kids.

❖ 小試身手25

將下列句子翻譯成英文：

(1) I don't believe what he said.

(2) He was wondering who set him up.

❖ 小試身手26

將下列句子翻譯成英文：

(1) The company accused him of fraud.

(2) He dedicated his life to environmental protection.

❖ 小試身手27

將下列句子翻譯成英文：

(1) He gave his daughter a doll with curly hair.

(2) He bought his son a fancy sport car.

❖ 小試身手28

將下列句子翻譯成英文：

(1) She told me where to buy good tea.

(2) The lioness is teaching its cub how to hunt.

❖ 小試身手29

將下列句子翻譯成英文：

(1) He didn't tell us when he would arrive.

(2) He has given whatever he had to his son.

❖ 小試身手30

將下列句子翻譯成英文：

(1) He promised his wife that he would come back for their anniversary.

(2) The doctor advised her that she should rest at home.

❖ 小試身手31

將下列句子翻譯成英文：

(1) She always keeps her room clean and tidy.

(2) We called our dog Prince.

❖ 小試身手32

將下列句子翻譯成英文：

(1) Mike chose Jake as his partner.

(2) They described Jeremy Lin as a hero.

❖ 小試身手33

將下列句子翻譯成英文：

(1) The students observed the caterpillar creeping on the leaf.

(2) I can't imagine my father dancing Waltz.

❖ 小試身手34

將下列句子翻譯成英文：

(1) He has his car fixed yesterday.

(2) He heard his name called.

❖ 小試身手35

將下列句子翻譯成英文：

(1) He begged them not to leave him alone.

(2) The doctor advised him to quit smoking.

❖ 小試身手36

將下列句子翻譯成英文：

(1) She never lets her cat out.

(2) We often hear our neighbors fight.

第八章　助動詞和疑問句

1. He doesn't live in Taipei.
2. Did she visit her grandparents yesterday?
3. This must be your wife.
4. You can't go in his office.
5. Where can I find a public phone?
6. Would you come with us?
7. How long had he been waiting there when you arrived?
8. The picture of the fugitive was shown in TV news.
9. What were they doing when you called?

10. Was there any witness in the crime scene?
11. Did he pass the driving test?
12. Where were you this morning?
13. When was this picture taken?
14. How many hostages have been released?
15. How will he achieve his goal?
16. Why didn't you tell the truth?

❖ 總複習測驗

I. 重組

1. He often goes to the movies on weekends.
2. I'm not feeling well.
3. He wrote a letter to the mayor.
4. Your plan sounds good.
5. Barbara enjoys singing in a KTV.
6. She thought that her mother might like the brace.
7. I saw him dancing alone in the room.
8. Nancy had her hair permed yesterday.
9. I make it a rule to work out twice a week.
10. He showed his son how to tie shoelaces.
11. He told me where he hid the money.
12. Your house needs to be completely renovated.
13. Persistent cough with unknown reason can be a sign for cancer.
14. The policy is intended to offer children from low-income families equal access to higher education.
15. This article investigates the social and economic factors existing in the past decades that have contributed to the unprecedented low birth rate.

II. 將下列句子翻譯成英文：

1. Eight passengers were injured in the accident.
2. All you need to do is sit there and say nothing.
3. It is impossible for you to get up early.
4. The most important thing is (to) arrive at the restaurant on time.
5. I don't know what to say.
6. This book teaches people how to be a successful salesperson.
7. They prepared a lot of Christmas gifts for poor people.
8. People who like dogs think (that) dogs are friendly and loyal.
9. Regular exercise is good to health.
10. This is the wedding dress designed by one of my students.
11. Children are fascinated with the robot that can do the break dance.
12. I can't find the necklace I bought yesterday.
13. The salesperson you met in the elevator yesterday is waiting for you in your office.
14. What he needs is your support.
15. She chose a school in the US with few students from Taiwan.
16. In the future people may suffer from health problems caused by cellphone use.
17. Do you have any friend to help you?
18. *Three pigs* is a fairy tale about how three little pigs use different construction materials to build their houses in order to protect themselves from the attack of a wolf.
19. I need some rope to tie up the old newspapers.
20. You have nothing to worry about as long as you are well-prepared.
21. Our company plan to set up a branch in Singapore.
22. He once considered dropping out of school due to financial problems.
23. The police found a footprint in the basement of the house where the murder happened.

24. The pollution caused by vehicles has become a major issue.
25. Typhoon Morakot hit Taiwan in 2009, devastating Taiwan's tourism industry.
26. His father grew up in a small town in England.
27. He took off his glasses.
28. He said he had trouble fitting in college life.
29. The mechanic demonstrated how the machine works.
30. She usually practices the piano with the air-conditioner on.
31. He made his younger brother lie.
32. Many people expect robots to do housework for them in the future.
33. Few of the students are interested in reading books about their own culture.
34. Recently he has bought an apartment with an elevator for his 75-year-old father.
35. My father usually gets up early.
36. He lived in Africa for 11 years.
37. This type of robot can bring you drinks.
38. I bought the necklace when I was visiting Japan.
39. My father looked funny in the Superman's costume.
40. Eating too much chocolate can bring up health problems.
41. This type of robot can help your children practice sports.
42. She likes the doll with curly hair that can wave her arms.
43. We saw garbage scattered around on the square after the New Year Countdown Party.
44. A homeless was found dead on a bench in a park in Taipei this morning.
45. There is nothing to cook in the refrigerator.
46. I know (that) I can never be a lawyer.
47. I wonder who would wear such a strange hat.

48. I became sleepy after taking the medicine.
49. What he had encountered on the journey turned out to be sources of inspiration for his new book.
50. When we came to the hospital, we found that he had been discharged.

釀語言5　PD0015

如何寫出正確英文句子

作　　者	李路得
責任編輯	邵亢虎
圖文排版	陳姿廷
封面設計	王嵩賀

出版策劃	釀出版
製作發行	秀威資訊科技股份有限公司 114 台北市內湖區瑞光路76巷65號1樓 電話：+886-2-2796-3638　傳真：+886-2-2796-1377 服務信箱：service@showwe.com.tw http://www.showwe.com.tw
郵政劃撥	19563868　戶名：秀威資訊科技股份有限公司
展售門市	國家書店【松江門市】 104 台北市中山區松江路209號1樓 電話：+886-2-2518-0207　傳真：+886-2-2518-0778
網路訂購	秀威網路書店：http://www.bodbooks.com.tw 國家網路書店：http://www.govbooks.com.tw
法律顧問	毛國樑　律師
總 經 銷	聯合發行股份有限公司 231新北市新店區寶橋路235巷6弄6號4F 電話：+886-2-2917-8022　傳真：+886-2-2915-6275

出版日期	2013年4月　BOD一版
定　　價	250元

國家圖書館出版品預行編目

如何寫出正確英文句子 / 李路得著. -- 一版. -- 臺北市 :
釀出版, 2013.04
面； 公分. --（釀語言5 ; PD0015）
BOD版
ISBN 978-986-5871-38-3（平裝）

805.169 102005596

讀者回函卡

感謝您購買本書，為提升服務品質，請填妥以下資料，將讀者回函卡直接寄回或傳真本公司，收到您的寶貴意見後，我們會收藏記錄及檢討，謝謝！如您需要了解本公司最新出版書目、購書優惠或企劃活動，歡迎您上網查詢或下載相關資料：http:// www.showwe.com.tw

您購買的書名：________________________________

出生日期：________年________月________日

學歷：□高中（含）以下　□大專　□研究所（含）以上

職業：□製造業　□金融業　□資訊業　□軍警　□傳播業　□自由業

□服務業　□公務員　□教職　□學生　□家管　□其它____

購書地點：□網路書店　□實體書店　□書展　□郵購　□贈閱　□其他

您從何得知本書的消息？

□網路書店　□實體書店　□網路搜尋　□電子報　□書訊　□雜誌

□傳播媒體　□親友推薦　□網站推薦　□部落格　□其他________

您對本書的評價：（請填代號　1.非常滿意　2.滿意　3.尚可　4.再改進）

封面設計____　版面編排____　內容____　文／譯筆____　價格____

讀完書後您覺得：

□很有收穫　□有收穫　□收穫不多　□沒收穫

對我們的建議：________________________________

____

____

____

請貼
郵票

11466
台北市內湖區瑞光路 76 巷 65 號 1 樓

秀威資訊科技股份有限公司　收

BOD 數位出版事業部

（請沿線對折寄回，謝謝！）

姓　　名：________　年齡：________　性別：□女　□男

郵遞區號：□□□□□

地　　址：________

聯絡電話：（日）________（夜）________

E-mail：________